Éditions DAPPER

Moi, l'interdite

© Éditions Dapper, Paris, 2000

Illustration de couverture : Alexis Lemoine
Photo de l'auteur : H. Anenden

ISBN 2-906067-60-1
Dépôt légal : septembre 2000.

ANANDA DEVI

Moi, l'interdite

Récit

Éditions DAPPER

Cette histoire couleur d'eau croupie n'a peut-être aucune réalité. Laissez-la s'écouler à travers la bonde de l'oubli. N'essayez pas de la saisir. Elle parle de rêves déchus, et aurait un bruit de déchirure si l'on pouvait entendre le bruit secret des cœurs.

Ne prenez pas mal ce songe d'épines que je vous offre. Je suis celle dont on a chiffonné la voix et marqué le visage des griffures du regret. Je suis comme l'île qui chante sa propre mort. Cette violence n'est pas celle que l'on voit en soulevant un rideau : c'est celle d'une chair mise à nu.

Un jour, assise à côté du corps de ma grand-mère grenier, morte d'attente, je me suis souvenue du premier geste de ma mère envers moi. Elle a levé une main fatiguée et a caché le mamelon vers lequel je tendais ma bouche.

Un long soupir de dégoût s'est échappé d'elle. Le sein s'est rétréci sans qu'il en sorte la moindre goutte de lait.

Où est parti le lait de ma mère ?

Je vous le demande. Ce ne sont pas des mystères auxquels les enfants s'habituent. Il faut déjà leur tendre le miroir. Et même là, il n'est pas sûr qu'ils reconnaissent l'image qui leur est renvoyée.

Mon histoire commence un jour de terre gonflée de sel et d'estuaires couleur de sang. C'est le genre de signe qui accompagne la naissance d'êtres tels que moi. Nos yeux brumeux sont faits pour voir aussi bien la cruauté que l'innocence.

Cette brûlure qui me consume de l'intérieur, c'est elle que je vous livre en mon absence : des mots qui ne sont qu'une ombre, une illusion d'envol et de rupture, l'infime cassure de mes rêves. Vous ne croirez peut-être pas à ce conte étrange et angoissé. Regardez autour de vous.

Un monde qui n'est qu'apparence se désagrège autour de corps lourds d'incertitudes.

À présent, il est temps de me voir. Je dois vous montrer mon visage. Ils disent que je porte le signe de Shehtan.

Ils détournent les yeux ou prononcent des mots d'exorcisme. Donnez-moi le nom que vous voulez, rakshas, Shehtan, Satan ou autre.

Je suis née avec un bec-de-lièvre. Dans les villages, ils n'appellent pas cela une difformité ; ils l'appellent une malédiction.

Mais je ne suis pas une malédiction. Vous le verrez en suivant mon histoire. Je suis une mise en garde.

1

Mon second souvenir est celui de lierres m'enserrant le cou. J'avais cinq ans. Debout à la fenêtre, je regardais la nuit. Les lierres se sont tendus vers moi et m'ont prise à la gorge. La douleur mouillait mes yeux et faisait danser la lune dans le ciel.

De loin, j'ai vu mon père qui revenait d'un pèlerinage, un plateau de fruits et de fleurs à la main. Le cercle de cendres sur son front lui donnait un air de sage. Vêtu de blanc, les pieds écorchés de sa ferveur, le dos cambré sous sa foi, il aurait dû briller. Mais le regard qu'il posait sur moi contenait un venin que je connaissais bien, pour avoir bu de ce poison dès ma naissance.

Ainsi étaient les hommes, qui croyaient racheter leur haine par la prière. En réalité, elle en sortait renforcée.

Derrière moi, il y avait une femme au souffle doux, à l'odeur d'amandes amères.

J'ai compris alors que ce n'étaient pas les lierres qui se resserraient sur ma gorge, mais les longs doigts flexibles de ma mère. Sa peau était tiède sur mon cou. Ma mère proximale me donnait naissance une nouvelle fois dans un acte de mort. Tout s'est brouillé dans mes yeux. Ne restaient que la nuit, la lune, la haine ; trois constances ; trois silences.

Dans un pan de vitre se reflétait mon visage écrasé par son indifférence.

Plus loin se tenait un frère qui ne connaissait pas encore mon nom : tout le temps, il m'appelait Mouna. La guenon.

Et encore plus loin, deux sœurs proches en âge et semblables d'aspect me guettaient de leur regard d'huile chaude.

Ma famille au complet dressait contre moi un rempart de refus. À cinq ans, je venais de comprendre que je ne serais jamais pareille à eux. Le monde qui m'environnait n'était pas le même que celui où ils virevoltaient comme des phalènes incolores. Mon seul recours était celui de disparaître et de me rendre invisible.

De partout, j'entendais leurs voix qui venaient se briser contre mon attente :

« Enfermez la Mouna, mes amis viennent dîner ce soir.

Écartez-la, on ne veut pas voir son visage de malchance avant de sortir.

Dégage de là, je vais allumer ma lampe de prière. »

La lampe de prière, allumée, vacillait dès que j'y posais mes yeux. Les dieux pâlissaient sous leurs guirlandes dorées. Leur main levée en bénédiction ne se tournait jamais vers moi. Le ciel avait fermé ses grilles d'acier au moment de ma naissance.

Alors, je m'écartais de la lumière, je me voilais de noir. L'obscurité était douce et sèche, elle soignait mes plaies, guérissait mes blessures, lissait mes traits monstrueux, me faisait telle que m'avait voulue ma mère. Noir-ami, seule avec lui je survécus à la révélation de mes cinq ans.

Mes sœurs s'habillaient en toute hâte pour la sortie du dimanche. Elles me fermaient la porte au nez. Elles ne voulaient pas que je surprenne leurs inutiles tentatives pour s'embellir. Fardées, rougies, rosies, elles agitaient maladroitement les bras pour enfiler une robe à volants roses ou dompter les plis rebelles d'un sari raide de dorures. L'oreille collée à la porte, je les entendais parler d'une vie que je ne connaîtrais jamais. Les jeunes hommes entrevus derrière les rideaux tirés, le regard d'aigle des mères, les enfants nés, les vieillards morts, les femmes légères, les hommes cruels, les richesses inaccessibles, les histoires jamais finies, tous leurs espoirs étroits. Je les observais de l'échancrure de ma solitude. Au bout d'un moment, elles sentaient mon regard sur elles. J'aimais voir la peur qui coulait d'elles alors, comme une longue sueur qui donnait à leur corps une odeur malsaine. C'est ainsi que j'ai appris qu'elles attribuaient à mes yeux un pouvoir que je ne leur soupçonnais pas. Je ne les regardais que parce que je cherchais ces sœurs de ma chair avec une faim égale d'amour et de colère.

Lorsqu'elles sortaient ainsi en me fuyant, je rêvais d'avoir réellement un pouvoir de vie et de mort sur elles. Mon mauvais œil les poursuivait avec des grondements de tonnerre et des enflures de houle, un sillage rouge qu'elles ne pouvaient éviter. Il heurtait le taxi rempli de gaieté qui les emmenait, elles et leurs galants, vers les courses hippiques de Port Louis. Le taxi faisait plusieurs embardées avant de s'écrabouiller contre un mur. Elles gisaient dans un cercueil de tôle, la nuque brisée. Dans ma tête, je les voyais doucement mourir, et j'avais envie de lécher ces corps qui portaient toute ma tendresse, toute ma dévastation.

Mais elles revenaient intactes… Rieuses, confiantes, nullement brisées, le maquillage fondu au soleil de Port Louis. Elles avaient cru voir, dans les étalons du Champ de Mars, des corps mâles et musclés qui les auraient ravies. Elles revenaient avec leurs rêves de chair et de sueur, alors que mes rêves à moi retombaient de haut, les ailes brisées.

Je n'avais aucun pouvoir.

Rien ne jaillissait de la boue de mon regard, nulle matière chaude et magique d'où bourgeonneraient des songes d'espoir. Elles continuaient de me laisser en arrière, face au miroir vide où mon visage, avec ses yeux de soufre et son bec-de-lièvre, n'apparaissait jamais.

Seule la nuit, dans la fenêtre, me renvoie l'entaille qui zèbre mon visage. Et le sifflement du vent dans les filaos, qui ressemble tant à une voix lointaine, c'est ma voix à moi, qui ne saura jamais apprivoiser le langage des mots. Dehors, le monde frémit de me savoir.

Ce jour-là, ma mère n'a pas achevé son travail. Elle m'a abandonnée de guerre lasse pour servir le repas du soir à mon père.

Assis seul et souverain, il mangeait sa colère avec ses doigts. Je l'ai vu, à la façon dont ceux-ci se refermaient nerveusement sur la nourriture et la rassemblaient en une petite boule de rage compressée qu'il portait à sa bouche. Un peu du jus épais du curry s'est échappé du coin de ses lèvres et a taché ses vêtements blancs.

Ma mère s'est mise entre lui et moi pour le protéger de mon regard. Je risquais de faire tourner le lait tiède qu'il avalait à présent par gorgées avides et écumeuses.

« Les cannes ont brûlé, a-t-il dit enfin. *Kann inn brile. Nu finn futi. Nu finn futi.* »

Ma mère opinait de la tête. Il a eu un geste vers moi.

— Tout ça c'est de sa faute, a-t-il crié soudain. C'est cette malédiction descendue sur nous ! »

Il a gesticulé comme s'il voulait chasser de loin un animal sauvage.

Lorsqu'il a dit cela, je me suis arrêtée.

J'ai cessé de grandir. Pour racheter le prix de ses cannes, pour expier la sécheresse ou les cyclones qui, chaque année, détruisaient ses espoirs de réussite, je suis restée maigre et froide comme un lézard. J'appris seulement à voler la nourriture des autres et à flairer les restes encore juteux des poubelles, non par faim, mais pour usurper une part de ce qui faisait d'eux des êtres ordinaires. Mais, toujours, je suis restée la Cause.

Ce jour des cannes brûlées, le vent m'a apporté une odeur de caramel amer et le cri des oiseaux en fuite. Les laboureurs ont levé leurs mains noircies et poisseuses au ciel. *Bondie inn modi nu,* ont-ils dit avec lassitude. Nous sommes maudits. Pour eux, rien ne pouvait être le résultat du hasard, ou une erreur commise dans leurs calculs. Il leur fallait une réponse à tout.

Lorsque les années ont déposé sur moi une couche de moisissure et usé les courbes lisses de l'enfance pour ne rendre que plus flagrants les signes de monstruosité, ce ne fut plus seulement mon père qui m'attribua la responsabilité de ses déboires. Ce fut le village tout entier. Il fallait bien qu'ils trouvent une source à leur honte.

L'enfance est un chemin de combustion qui vous mène là où vous ne vouliez pas aller. Au bout du rêve et de la déchirure, vous finissez dans cet endroit où on vous guérit de vos différences.

Mais maintenant, je suis loin de chez moi. Je suis dans un lieu de tourmente où on me fait payer les dettes accumulées.

2

Le bruit de la serrure est une blessure au milieu de la nuit. La porte s'ouvre. Une barre de lumière jaune crisse sur le plancher et rampe jusqu'à moi. Une voix lointaine et méprisée tente de me rassurer – *soja rajkumari, soja* – dors, dors, dors, ma princesse…

« Tu vas te taire ? Cette folle va réveiller tout le monde ! Silence ! »

Oui, silence. En moi, en lui, dans les profondeurs du monde. Silence jusqu'au bout du silence, alors que seule, la grosse bouche qui flotte dans l'air au-dessus de moi parle. Elle a l'air de n'appartenir à aucun visage, mais, petit à petit, une forme se précise. Je sais qu'une masse de chair et de muscles l'accompagne et que je vais la rencontrer et la connaître, comme chaque soir, dans la plus secrète des souffrances.

Les murs pâlissent comme à chaque fois qu'ils reçoivent les éclaboussures de sa haine.

Ce lieu fermé et inconnu de tous, le dernier retranchement des choses qui ont basculé de l'autre côté de l'oubli, c'est la troisième étape de mon annihilation.

La forme masculine se déploie au-dessus de moi.

Je regarde de haut mon corps étoilé sur lequel rôde l'ombre de ma faim et de ma peur. Je vois la stridence de mes yeux écarquillés, je vois mes mains qui offrent leur paume percée, je vois ma bouche qui s'ouvre pour avaler une goulée d'espoir, mais n'avale qu'une salive amère.

Tout autour de moi, les murs sont peints en vert, sauf auprès du plafond, où la peinture s'est écaillée en fleurs de rouille. Une nuée de carias voltige autour de l'unique ampoule nue. Non loin du lit de fer, une cuvette pour mes besoins. Et ce corps balbutié, c'est moi. C'est ainsi. Les aliénés ne peuvent pas se plaindre, il n'y a personne pour les écouter.

Le murmure de l'homme m'atteint. Ses gestes et sa violence n'ont pas de limites. Mais je parviens encore une fois à m'échapper, à m'éloigner de tout cela. Je suis partie dans un coin de ma mémoire. J'écoute le chant de ma grand-mère grenier. Je respire l'odeur de son sari de coton blanc. Je l'entends qui me berce, longuement, longuement – *soja rajkumari, soja* – je suis sa princesse recroquevillée dans le pan du sari tendu en berceau entre ses jambes inutiles, elle me masse les jambes et les bras avec de l'huile parfumée, ton corps est parfait, me répète-t-elle sans cesse, comme sentant mon désarroi. Elle me regarde droit dans les yeux, elle ne détourne pas le regard de la fissure de ma bouche. Un jour, il te viendra un prince qui t'aimera pour ce corps-là et aussi pour la beauté de tes yeux et puis encore pour la beauté qu'il verra en toi, à l'intérieur de ton corps, là.

Là. Elle pose la main à plat sur ma poitrine, juste à l'endroit du cœur.

Ce sera ton Prince Bahadour à toi.

Je ne veux pas rentrer en moi. Je veux encore écouter ses contes, ses histoires, ses rêves. Je veux faire partie de sa vie absente. C'est la seule façon de poursuivre. S'échapper, se diluer dans des songes incohérents et fous. C'est ce que nous faisons tous. Sans cela, les murs capitonnés ne cesseraient pas de se refermer sur nous.

L'homme est parti, ayant terminé sa besogne. Je suis seule. Je peux redescendre et habiter mon corps, retrouver la floraison de brûlures qui me rattachent à la vie. La porte s'est refermée, ravalant la lumière et le monde. La solitude caresse mes orteils absents. Je fais silence en moi et je n'écoute pas les protestations de ma chair. À quoi cela servirait-il ? Je n'ai pas d'auditoire. La vie m'épuise.

Le moindre bruit – cri de souris, grésillement d'insectes, frôlement des corps en marche – m'interpelle. Je l'écoute de tous mes sens. Je n'ai plus que cela pour me persuader que je vis encore, après la mise à mort répétée de chaque nuit.

De nouveau dans le trou. Dans le noir vif de l'inconscience. Mais je ne dors pas. Mon regard est une lumière qui éclaire l'intérieur de mon sommeil, ces marées molles et lentes qui se déroulent sans hâte et sans raison en moi. Il s'est allumé un soir lointain où j'ai entendu pleurer un enfant, et ce pleur m'a éclaté l'esprit.

Pour le faire taire, j'ai plongé dans l'eau sa tête bouclée. Je l'ai regardé s'assoupir doucement, le chant de l'eau était sa berceuse. L'ombre de l'eau était sa couverture. La mare a eu un bruit sanglant, et l'enfant s'est tu.

L'amour, c'est aussi cela.

3

Écoute bien et n'oublie rien, homme de tous mes jours.
Toi dont la joie est un filin d'espoir qui serpente entre les
ruines de ton corps avec des éclats d'or et de suie. Toi qui
as su rire lorsque tu m'as vue agenouillée, les sens en
déroute, le visage vers toi levé avec ses tares et sa beauté.
Tu le sais, je te connais, aussi loin que je me souvienne
nous nous sommes aimés, trahis, massacrés. Comme des
bêtes prêtes à mâcher la chair sucrée de la vie et à la recra-
cher lorsqu'elle est devenue trop amère. Qu'importe ?
Nous sommes pareils, toi et moi. Et un jour, avec une sen-
sibilité de femme, tu comprendras.

Nous vivions notre conte de fées, sachant qu'il n'y
aurait pas de fin heureuse.

« Il était une fois, le Prince Bahadour et la Princesse

Housna… » Ainsi commençait le conte unique de grand-mère grenier, celui d'où naissaient tous ses contes et qui m'a portée bien au-delà des chemins de l'enfance ; ce mensonge qui m'a fait croire aux bonheurs redoutables.

« Ils reçurent tous les dons de la terre, la beauté, la jeunesse, l'intelligence, la richesse. Ils étaient prêts à danser sur l'orage avec leurs pieds ornés de henné. Mais ils ne savaient pas que leur planète était Shyani, la mauvaise étoile. Bahadour devait son nom à son courage et à sa bravoure. Quant à Housna… Bien sûr, elle s'appelait ainsi pour sa beauté, Ô ma gazelle de khôl, ma liane vénéneuse, ma danseuse de nuages, mon Apsara… Housna avait le parfum du chaméli qui ne s'ouvre que la nuit et qui meurt au matin. Ainsi était sa destinée. Elle s'épanouirait la nuit et mourrait au matin, le parfum épuisé… Leur amour était une rivière qui dévalait tout droit vers sa fin tragique. »

Les larmes de grand-mère grenier coulaient lorsqu'elle terminait l'histoire.

— Ils meurent à chaque fois juste au moment où ils auraient pu être heureux… Tu ne pourrais pas changer la fin, pour une fois ?

— C'est toi qui la changeras, cette histoire. C'est le conteur qui lui donne sa couleur et ses rythmes, sa voix et ses élans. La séquence que tu voudras créer, le motif que tu souhaiteras tisser, c'est toi qui en décideras lorsque tu la raconteras à ta petite fille. Moi j'ai attendu inutilement.

Chaque seconde de sa vaine attente était inscrite sur son visage.

Mais en y réfléchissant bien, je voyais que c'était la seule fin possible. Les deux amants se devaient d'être pétrifiés dans leur beauté et leur jeunesse à tout jamais, pour nous donner espoir et nous nourrir du chant qui s'échappait de leurs lèvres tuméfiées.

— Il y a des amours qui ne sont pas de ce monde… concluait-elle avec un soupir.

— Et cela existe ?

— Oui, il suffit de savoir chercher, de suivre le vent et la direction propice, et de s'ouvrir le cœur le moment venu.

— On doit s'ouvrir le cœur avec un couteau ? C'est comme ça qu'on découvre l'amour ?

Elle a vu l'envie de mort dans mon regard et elle s'est fâchée avec cette aisance d'émotions qu'ont les très vieux.

— Toi et tes pensées de folle ! s'est-elle écriée.

— C'est toi qui l'as dit.

— Ce sont des images, rien que des images…

— Alors tout ce que tu racontes est faux.

Elle s'est enfermée dans un silence rancunier. C'était là sa seule évasion, clouée à son lit de vieille. La fenêtre du grenier lui apportait des envies de verdure. Une odeur de camphre et de citronnelle lui parvenait de loin, et les tourterelles venaient faire leur danse de séduction dans le rectangle étroit de lumière. Je crois bien qu'il lui restait un peu de ferment dans le corps, qui lui faisait rêver à une caresse d'homme. Et alors, elle se réfugiait dans ses contes, moi à ses pieds en auditoire fasciné ou sceptique.

Ses contes étaient emplis d'amour et de tendresse, alors qu'elle n'avait connu ni l'un, ni l'autre. Parfois, dans un état de somnolence, elle passait du mensonge à la vérité. C'est ainsi que je connus sa vie, et que je sus qu'elle avait été mariée à treize ans dès le premier épanchement, petite chose maigre et mortifiée offerte en pâture au premier venu. Dans une photo, on la voyait, pâle de terreur, debout à côté d'un homme à la moustache haineuse et au regard rigide. Cet homme l'avait achetée à bas prix, pour un trait rouge au milieu de la raie et des anneaux d'argent au nez et aux orteils.

« Mon destin a été de trottiner par les couloirs à briquer les planchers et laver le linge sale, dit-elle en riant dans son sommeil, jusqu'à ce qu'une barrique d'eau tombée sur moi me paralyse pour le reste de ma vie. »

Une autre fois, elle parle des enfants arrivés les uns après les autres, sans arrêt, dix, onze, douze. Jusqu'à la treizième, une petite fille, une sept-mois toute noire née à une heure néfaste un samedi.

« Morte au moment de la naissance. Enterrée sous le badamier. Étouffée au berceau devant mes yeux prisonniers et mon corps dévasté. »

Pourquoi ?

« La malchance. »

Elle ferme les yeux et croit dormir, mais sa bouche continue de pleurer. Elle ferme les yeux pour ne pas se souvenir, mais la mémoire la hante. Elle garde le bruit de l'explosion des condés dans la cour en milliers de plumes éparses, en confettis rouges, en pépiements hystériques et brisés. Elle ne se souvient que de la pluie des petits corps crépitant sur l'asphalte, ce jour-là. Elle ferme les yeux et croit mourir, mais il n'est pas encore temps.

Elle ramène sur son visage le pan de son sari, et ne sait même pas que je l'écoute.

Le sari de grand-mère grenier.

Un sari de veuve, de coton blanc, transparent à force d'avoir été lavé et fouetté sur les rochers et d'avoir subi toutes les usures. J'ai grandi dans son odeur de vieux et de chair pétrifiée, de *bouillon cresson* et de *bred malbar*. Il ne servait pas seulement à recouvrir son corps. Il m'enveloppait d'une maternité tardive et gaspillée.

Je dois ma survivance à ce sari. Parce que j'ai vu le monde en transparence à travers la trame du tissu, et que je n'ai pas deviné tout de suite les gueules béantes qui m'attendaient et les monstres qui m'entouraient et la matière humaine qui me poursuivrait pour me livrer nue au monde et à sa cruauté.

Je l'ai eu à sucer lorsque grand-mère grenier est morte, et je me suis retrouvée orpheline de tout. Y compris de moi-même.

Nuage et ouate, comme un rêve d'écume au milieu de mes jours. Quand je le caressais, je ne savais pas où s'arrêtait sa peau si fragile de vieille, où commençait le tissu de sa vie.

Elle m'aimait. Elle était bien la seule. Elle m'aimait, malgré mon bec-de-lièvre, ou à cause de lui. Mais elle ne me parlait pas de ma naissance. (Y a-t-il eu une pluie de condés ce jour-là, non pour annoncer la mort mais pour célébrer la vie?)

Personne ne m'en a jamais parlé. Mais je l'ai deviné, ce jour qui m'a accueillie n'a pas été un jour comme les autres. Ils ont longtemps parlé de la mer qui avait envahi les terres et laissé un voile de sel blanc sur les champs labourés. Et de la marée de boue rouge dans les rivières. Et du badamier à deux troncs, et des noix de coco sans lait.

Un jour frémissant d'une menace qui prenait les gens au ventre et effrayait les animaux. Les vieux étaient allés se coucher, pris d'une inexplicable mélancolie.

La maison, elle, est lourde de l'imminence de l'événement. Des femmes et encore des femmes comme un rideau tiré devant mon arrivée théâtrale. Excitées comme des poules prêtes à pondre, attendant et espérant la venue d'un garçon qui traînerait derrière lui sa mâle destinée. Une *daï* somnolente, habituée à de telles banalités, est assise, les mains en attente, mâchant des graines de cardamome. Un moment de calme plat, aube mouillée tombée sur la terre. Les poules se taisent, troublées. Le ventre de la mère s'aplatit d'un coup. L'outre se dégonfle, se vide, se dessèche tout de suite. Et puis. Il en sort. Une sorte de monstre. Une fille. Mais est-ce bien une fille ? Grise, cheveux hérissés, mains griffues – une *mouna* ! s'écrie-t-on, c'est une *mouna* ! Et puis, stupeur ! sa bouche n'est pas une bouche !

C'était moi.

Le bébé qui n'en était pas un. C'est ainsi que j'ai été marquée pour ce qui allait m'arriver plus tard, quand je quitterais la race humaine pour faire partie d'autre chose, pour vivre dans un conte qui n'était pas celui de grand-mère grenier mais le mien propre, pour être, différemment, autrement, loin des regards glacés et des barrières dressées.

Moi, née avec une… l'appellerais-tu une tare, toi, homme de tous mes jours ? Ou était-ce un signe que la destinée m'avait prise en charge dès le départ, allait me lancer sur mon chemin de devenir, allait sculpter en moi à coups de burin le sens de chaque seconde, la mémoire de chaque souffle, la lourdeur de chaque instant ?

Les yeux qui s'ouvrent sur un monde nouveau n'ont aucun repère. Tous les visages sont des miroirs d'une chose

qui provoque l'horreur. Ils s'esquivent, dérapent. Puis, lorsqu'enfin ils osent regarder, c'est avec mépris et envie de
détruire. Et l'enfant s'habitue à égrener entre ses doigts
son chapelet de solitude.

Doucement écartée comme une chose malsaine.

À l'arrière de la maison, il y avait un four à chaux.

4

Ils me laissaient dans ce four à chaux quand il fallait me disparaître. Il y avait une cheminée de pierre qui montait si haut, si haut que mon regard ne parvenait pas à atteindre le jour. L'odeur de la chaux vive me brûlait les narines, creusait jusqu'aux poumons un chemin de corrosion. Il ne semblait y avoir rien d'autre.

Le sable, la pierre, le vent dans les filaos: un chant de noyade.

Je m'enveloppais dans le sari qui gardait le doux parfum de grand-mère grenier. Ainsi emmurée, je devenais invisible. Ils m'annihilaient. Les heures me paraissaient longues et incolores. J'attendais. Quoi? Je ne le savais pas moi-même. J'écoutais les jeux du soleil et des ombres, et il me semblait parfois qu'il y avait une voie possible, et qu'il suffisait pour cela d'un petit pas. Un tout petit pas hors de moi. Et puis j'entendais les bruits de vie dans la maison, et je replongeais dans ma désolation. J'ai entendu les rires et les chants quand les partis se sont présentés pour mes sœurs.

Ils sont venus de loin pour les voir. *Pu get tifi.* Voir. Non pas s'ouvrir le cœur, comme le disait grand-mère grenier, pour révéler cet amour qui vous taillade à vif et vous saigne. Ils sont tombés d'accord en se voyant, en mangeant et en buvant – c'était là la limite de leurs rêves.

Comme s'il suffisait d'un regard. Le décor de carton-pâte était facile à mettre en place. Le clinquant des vêtements et des bijoux. Les traits et les membres réguliers, sans difformité. Le teint suffisamment pâle pour ne pas heurter les yeux sensibles. Les objets exposés pour bien révéler tout ce que l'on possède. Les sourires fermés pour bien cacher tout le reste.

La fille écartée, qui était une erreur, un accident, une perversité du destin.

Tous partagent la même manière d'être et de tuer, comme par inadvertance.

Il vous est difficile de croire à tout cela. Tant de colère, tant de rancune. Mais vous ne connaissez pas la malédiction des campagnes. Tout se sait, tout se tait. On ensevelit ce qui n'est pas pareil à soi. On le brûle à la chaux vive. On refuse de voir au-delà de l'apparence. Les petites tracasseries du quotidien prennent une ampleur démesurée. Mais pas la bouche gueulante de la *mouna* qui a l'impression de mourir.

Personne n'a vu que la sagesse de mes yeux était beaucoup plus lourde que celle du temps, que mon teint était une terre veinée d'or et que mes cheveux faisaient un bruit d'océan lorsque je bougeais. Ce ne sont pas des splendeurs facilement dévoilées. Seul, bien plus tard, quelqu'un a su voir tout cela. (Mais il n'est pas encore temps pour lui).

Entre-temps, grand-mère grenier, privée de moi, dépérissait.

J'ai bien essayé de leur expliquer qu'elle se mourait de solitude et d'abandon (sans savoir que c'était le sort qui m'attendait aussi). Mais pour mon père, il n'y avait que deux bouches inutiles à nourrir, rien de plus. Ma mère montait au grenier pour nettoyer sa crasse avec dans la bouche des profanations. Il n'y avait en eux aucune bonté. D'un côté, ils avaient leur vie qu'ils croyaient fructueuse et fertile. De l'autre, ces deux choses sans mesure qui les emplissaient de malaise. Je voyais bien à leur regard que nous n'aurions pas dû être là. Nous leur rappelions sans cesse qui ils étaient. Car je voyais, moi, le véritable visage de ma famille : faits d'écorce amère et de paille de canne séchée, des mains qui avaient gardé l'odeur de bouse de vache de leurs ancêtres, des lèvres léchées d'attente, et au cœur, une envie qui ne se dissiperait qu'au bout de leur vie. Mais toujours, ce qu'ils espéraient demeurait hors de portée : leurs mains tendues ne suffisaient pas. Leurs désirs se desséchaient au fur et à mesure que le crépuscule tombait sur leurs espoirs.

Petits triomphes ; petites torpeurs. Le goutte-à-goutte du quotidien dans ce tombeau de soleil, à côté de la nouvelle zone industrielle, en plein milieu des vapeurs chimiques et des ordures de soufre. L'île, comme mes sœurs, s'habille de volants roses qui craquellent de mensonges. Mais sous cette chape d'acier et de bitume, la terre garde de sa magie et de ses sortilèges. Il suffit de gratter la surface pour plonger dans ses eaux troubles.

Et les enfants naissent sans volonté et sans secrets, avec leur figure de dentelle souple qui si vite se déchire.

La conviction d'être mal-aimés se referme sur les petits cœurs mous et les écrase. Leurs yeux sont des puits de solitude qui n'en finissent pas d'être creusés. C'est ainsi que j'ai compris que ma mère n'était pas ma vraie mère, même si le hasard avait voulu que je me glisse hors de ses cuisses pour être. Je venais d'ailleurs. J'avais choisi cette porte-là comme j'aurais pu en choisir une autre. Il n'y avait que du dégoût dans ses yeux lorsque d'aventure ils s'arrêtaient sur moi. Elle ne comprenait pas ce qui s'était passé dans le mystère de son ventre ; à quel moment quelque sorcière l'avait effleurée de son haleine ou quelque voisine avait concentré sa jalousie sur le fœtus endormi. Toujours est-il que j'étais ainsi. Et les femmes en âge de mettre bas détournaient le regard, et les filles en âge de se marier se cachaient pour que les yeux de l'enfant-monstre ne leur giclent pas dessus avec ses larmes acides. Et mon père avait acquis la conviction que sa pauvreté et son absence de courage étaient dus à la malédiction de cet enfant né de son insuffisance.

C'est ma grand-mère grenier qui, en mal d'une treizième étouffée au berceau (c'était il y a longtemps, on ne faisait plus cela à ma naissance, heureusement pour moi), m'a prise, lavée, essuyée, langée, habillée et mise au sein de ma mère, qui s'est volontairement tari. Et alors, ma grand-mère grenier m'a fait un don suprême. Elle m'a fait téter son sein à elle, où il lui est venu, par un miracle que je ne me suis jamais expliqué, quelques gouttes de lait. J'ai bu le lait de ma grand-mère, qui est devenue, de ce fait, ma vraie mère.

Un lait de vieille, avec sa moisissure et son goût de fermentation, son odeur de corps flétri et son offrande quasi sacrée.

Encore ce goût sur mes lèvres me donne des accès de bonté.

J'avais la tête emmaillotée dans son sari de coton blanc. Et dans autre chose encore, car la réelle clarté qui m'habillait n'a jamais été visible aux autres. Les mots qui me venaient à l'esprit m'étaient difficiles à prononcer, à cause de la fissure de mes lèvres. Un zozotement qui exaspérait les autres et ne semblait correspondre à aucun mot réel. Ils ont pris l'habitude de rire de toutes mes tentatives de leur parler. Mais je riais aussi d'eux intérieurement, car j'avais vu la couleur océan de mes rêves alors qu'ils ne voyaient même pas la mer devant eux. Je connaissais le goût de l'indescriptible. L'entaille de l'herbe bourrique aux racines profondes, la voix safranée des filaos, le craquement d'un grain de sable sous la dent, le glissement fétide d'un poisson avarié sur la table de la cuisine. Eux ne voyaient rien de tout cela. Ils étaient environnés de leur nullité comme dans une bulle néfaste qui les condamnait à perpétrer des petits crimes de minuit et de l'aube, la goutte d'eau qui refuse d'étancher une soif, la blessure que l'on laisse s'infecter, les cris qui continuent tard dans la nuit et déchirent l'obscurité, et cela leur suffisait, cela assouvissait leur désir de vaincre et de meurtrir. Ils avaient en moi et en grand-mère grenier des victimes toutes trouvées, trop faciles, peut-être. Car au bout des larmoyances de grand-mère grenier et de mes rires hystériques et fous, se dessinait leur propre peur de ne pas en avoir fait assez. La soif d'un peu plus de sang. À chaque fois, un peu plus.

Mais quelle importance ? Quand on ne connaît que des murs, la liberté a un air de traîtrise. On n'imagine pas de chemin sans piège, sans trou tendant des bras d'épines vers vous pour mieux vous empaler. J'avais mes rêves de tigre et de serpent, mais au fond de moi, je savais que je pouvais être ordinaire si je le voulais, et qu'ils ne comprendraient pas cette soif de quotidien, d'une douceur de larme de sel, d'un ventre inanimé comme un fourreau dans lequel mon corps pourrait se glisser.

5

Minuit dans le four à chaux.

L'aube, une *karahi* graisseuse à laquelle adhèrent des copeaux de nuit.

Dans mon four à chaux, il y avait un peuple.

Je l'ai découvert au bout de la troisième nuit. Avant, ils vivaient cachés dans les anfractuosités. Je crois qu'ils avaient peur de moi, de l'ampleur de mes formes face à leur fragilité. Puis ils se sont rendu compte que je ne pouvais rien leur faire. Je n'étais qu'un géant empalé, dont les gémissements, déjà, avaient quelque chose d'inhumain. Alors, ils sont sortis de leurs trous. Ils y avaient bâti des châteaux de sable et des prisons de rouille. Ils s'approchaient chaque soir davantage. J'entendais le crissement de leurs pattes minuscules dans la nuit. C'était un bruit qui grignotait l'air, curieusement rassurant parce qu'il écartait la solitude. Puis ils sont montés sur mon corps. J'ai vu le premier arriver dans mon champ de vision. Puis le deuxième. Puis le troisième. Et encore un, et encore un, et encore un. Il n'y avait pas de fin. Il y avait de la place sur mon corps. Des dizaines, des centaines, de milliers. Ils avaient l'air de savoir ce qu'ils faisaient, où ils allaient. Moi, je n'en avais aucune idée. J'étais déjà entièrement recouverte d'un habit bleu nuit. Il se mouvait, ondulait comme une soie. Il me tenait chaud. Il m'est arrivé jusqu'au cou, puis jusqu'au menton. Lorsqu'ils ont voulu monter sur mon visage, je me suis mise à hurler, et alors, ils ont disparu d'un seul coup. Ils ont réintégré leurs trous.

Au bout d'un moment, j'ai eu froid et j'ai commencé à grelotter.

J'ai dû m'endormir. J'ai eu des rêves étranges, comme si je me transformais. Je me dénouais, j'étais faite de fibres cassantes, puis je me rassemblais comme un tissage qui ne révélait plus la même image. J'avais été retournée sur l'envers des choses.

Car au matin, ils m'avaient de nouveau recouverte. Mais

ils avaient laissé libre mon visage. Ils avaient compris. Et
là, j'ai vu qu'ils tissaient autour de moi un cocon filamen-
teux. Ils formaient des fibres fines comme un brin d'air
avec leurs pattes et leur salive. Ils les tendaient entre eux
et les soudaient d'une goutte microscopique, faite d'une
substance plus visqueuse. En un rien de temps parce qu'ils
étaient si nombreux, ils m'avaient emmaillotée.

Ils ont pensé se nourrir de moi en me grignotant petit
à petit, prolongeant leur plaisir jusqu'au bout de leur
brève éternité. Moi, j'étais au chaud, bras et jambes serrés,
prisonnière. À mesure que les fibres séchaient, elles se
contractaient. Quand ils se sont enfin écartés, j'étais
recouverte de ce cocon blanc et doux au toucher. Une vie
larvée me courait dans les veines, à peine sensible. J'aurais
pu mourir ainsi. J'en aurais été heureuse. Il ne me restait
plus rien d'autre. Il y avait un grand silence du côté de la
maison. Un grand, grand silence, comme si le monde, hors
du four à chaux, avait disparu.

(Y avait-il jamais eu quelque chose là-bas? Une île, au
vacarme de tous les mondes pressés de se développer; des
gens de plus en plus sourds à la voix du cœur; des autobus
et des voitures qui ressemblaient à des bêtes pondant leurs

œufs graisseux sur les routes. Un conte, un conte encore, que tout cela).

Mais même si ce monde-là continuait d'exister, moi je ne voulais pas en faire partie. J'étais déjà amoureuse des petites bêtes affairées. Heureuse que mon corps serve au moins à nourrir ces créatures pleines d'urgence, hypnotisées de vie et de faim, qui ne croyaient pas que tout leur appartenait. C'était comme si j'étais devenue la grand-mère grenier et que je leur épanchais mon dernier lait. Qu'il était doux, qu'il était sucré et pâle sous la lune, ce lait moisi dans mon vieux sein !

Ils sont devenus mes enfants. Ils se sont organisés autour de moi. J'étais à la fois leur reine et leur mère nourricière. Ils se sont d'abord attaqués à mes orteils.

Ils les ont grignotés jusqu'à ce qu'il n'en reste plus rien. Cette douleur était tellement molle et intangible que j'en riais. Cela n'avait rien à voir avec les douleurs que les hommes peuvent causer, à la fois dans le corps et dans la tête. Chaque jour, une partie de moi servait de nourriture à ce petit peuple. À ce train-là, cela pouvait durer des années. Je n'étais pas pressée. Tant qu'ils dépendraient de moi, je servirais à quelque chose. C'est l'espoir des hommes qui donne une raison d'être à Dieu et non le contraire. J'étais leur dieu. Si d'aventure ils atteignaient le bout sensible d'un nerf, j'étouffais mon cri. Le dos collé au sol caillouteux, les yeux plongeant dans les profondeurs de la cheminée, je les laissais me parcourir comme une terre promise. Ils ne laissaient aucun déchet. Même lorsque des filets de mon sang dégoulinaient jusqu'à terre, ils s'empressaient de le boire, comme s'ils avaient besoin de tout ce qu'ils pouvaient extraire de cette nourriture humaine dont ils avaient toujours été sevrés. Le plus étrange était qu'ils travaillaient en parfaite harmonie. Chacun avait sa part de nourriture. Personne n'avait plus de droits que les autres. Ils avaient, les uns envers les autres, une émouvante considération. Lorsque l'un d'eux mourait, accidentellement écrasé sous mon corps, ils le transportaient en hautes funérailles vers leurs trous. Je ne sais pas quels rites avaient lieu là-bas, mais il me semblait entendre comme un chant, ou plutôt, quelque chose de plus profond, une vibration issue de leur corps tremblant à l'unisson, et qui était la plus triste des mélopées funèbres. Quand l'un d'eux mourait, ils perdaient tous une part d'eux-mêmes. Ils se sentaient amputés, mais pas de la même façon que moi, à qui il ne manquait que les orteils. Ils étaient, eux, amputés du cœur.

Je ne sais pas combien de temps cela a duré. Je n'avais plus aucune notion du temps, ni de moi-même. Je ne savais même plus quelle apparence j'avais, avant d'être prise dans cette mue insoutenable. Les fibres étaient réelles. Je sentais leur velouté partout sur moi et en moi. Les bêtes… Elles étaient un univers en elles-mêmes. Elles m'apprenaient le peu d'importance que nous avions, malgré notre immensité par rapport à elles, et notre bruit. Depuis ce monde en retrait, je contemplais et je déroulais lentement mes souvenirs, comme au ralenti, et ils me semblaient de plus en plus inutiles. Il y avait autre chose que nous. Une existence plus grave et plus somnolente que la mort me berçait. Dans cet état de demi-vie, mon esprit libéré s'est entrelacé au souffle d'une étrange création qui n'avait aucune mesure. Elle n'était ni plus vaste ni plus étroite que nous : elle était autre, et il y avait d'autres dieux pour lesquels nous étions invisibles. Ce souffle entrait par ma bouche avec un goût de baies mûres. Je nourrissais les petites bêtes, mais j'étais aussi nourrie. De silence, d'immobilité, de transparence, d'absence. Et d'orgueil.

Et puis, un jour, l'odeur a attiré un chien errant.

6

Je suis réveillée. Cela me surprend toujours, ce passage entre rêve et éveil. Ce glissement hors du temps, comme une chair glacée refoulée de la mort à la vie. Je mets un long moment à me comprendre, à mesurer mon étendue. Et puis, ici, il fait tellement noir que tout s'embrouille. Je ne me vois même pas. Mes mains tentent de remplacer mes yeux et touchent et touchent encore ces textures parfois vivantes, parfois inorganiques : ici, une cloison rugueuse qui égratigne ma paume ; là, une cuisse osseuse dont les poils se hérissent d'effroi sous ce frôlement inconnu. Les morceaux de mon corps ne se reconnaissent pas entre eux.

Enfin, j'arrive jusqu'au bout : mes pieds bandés comme ceux d'une princesse chinoise, et qui gardent le souvenir de leurs extrémités dans les rayonnements de douleur qui s'en dégagent. Et je puis alors revenir vers le haut pour bien me saisir dans mon entièreté, mon ventre ballonné par tant de faims, mes seins à la poursuite d'anciennes caresses, mes gencives de bitume qui ne savent plus mordre, et enfin, mon sourire à fracasser les cœurs. Quant à mon visage, je ne me souviens plus de son aspect, si tant est que je l'ai connu. Il n'a aucune importance, bec de machin ou pas. Ma famille n'était pas belle, il faut le dire.

Mon père avait les ongles noirs ; comme si, accroupi seul au milieu des champs immobiles, il labourait la terre de ses mains. Il sentait les entrailles et le fumier. Qu'est-ce qui pouvait bien pousser de cette masse sauvage et sombre ? Non, il ne pouvait semer que l'aridité, et encore plus d'aridité : c'est ce que je voyais dans ses yeux qui ne croisaient jamais les miens. Un désert d'indifférence. Une vie étroite comme une couleuvre aveugle. Même son venin n'était qu'une salive stérile qui n'avait pas le pouvoir de tuer ; seulement celui de dessécher ceux qu'elle touchait.

Comme dans les contes, mes parents contemplaient

rêveusement différents moyens de se débarrasser de moi. Comment ? En me perdant dans la forêt ? En me tendant un petit panier et m'envoyant au loup ? En m'enchaînant à une colonne et en laissant les vautours me dévorer le cœur ? Un soir, je les ai entendus en discuter, si froidement et banalement que j'ai cru qu'ils parlaient de chatons qu'ils voulaient noyer.

« On pourrait la jeter dans la mare avec une pierre attachée au cou.

— Non, la mare n'est pas assez profonde. S'il y a la sécheresse, on la retrouvera trop vite.

— Du poison, alors ?

— Oh non, le poison, ça fait sale... Et beaucoup de bruit aussi. Tu te souviens quand le fils du voisin s'est suicidé ? Il a mis quatre jours à mourir. Et puis il faudra appeler le docteur, tout ça...

Mon père mâchait à grand bruit des pois chiches grillés. Ma mère se faisait craquer les doigts comme des branches sèches. Leur lit grinçait alors qu'ils changeaient de position, s'énervaient de ne rien trouver. Une chauve-souris s'est mise à crier à la fenêtre. Mon père a refermé le battant avec un claquement sec.

— Quand elle est née, tu m'as dit qu'elle ne survivrait pas longtemps, lui a-t-il reproché.

Il y a eu un long silence.

— Je le pensais... Je ne l'ai pas nourrie... Elle n'aurait pas dû survivre. Mais c'est ta mère qui s'est occupée d'elle !

— C'est vrai, elles vont bien ensemble, toutes les deux.

Il a poussé un grand soupir. Je sentais qu'il était très malheureux.

— Rien n'ira bien dans cette maison tant qu'elle sera là. *Mofinn, sa, mo dir twa...*

Au bout d'un moment, l'un d'eux a dit :

— La prochaine fois... On pourrait toujours l'oublier dans le four à chaux...

Le lendemain, pourtant, ils ont reçu une bonne nouvelle : mon frère avait trouvé du travail. Il était devenu fonctionnaire de l'État. Il avait réussi à quitter la terre et le travail de la terre et l'odeur de la terre. Il traînait maintenant une odeur de paperasse moisie et de vieille jaunisse. Il partait tôt le matin avec, dans un petit panier, son déjeuner soigneusement empaqueté par ma mère dans des boîtes métalliques. Riz, dhall, giromon, chou-chou, bred, il avait de quoi manger, lui, de quoi assouvir sa faim, de quoi rester vivant dans ses murs de béton.

Et puis, mes sœurs partirent.

Crabes ou scorpions ? Dans quel bestiaire les trouverai-je ? Oh non, pas des bêtes, elles ne l'étaient pas. Non, non, non.

Elles étaient humaines.

Elles suivaient la voie tracée pour elles depuis des siècles quand avait commencé à s'abolir la pensée des femmes. Grimpant une côte à peine plus escarpée qu'un monticule d'ordures et croyant ainsi atteindre le sommet de leurs envies.

Mais il me restait ma grand-mère grenier. Ma chère grand-mère qui vivait dans le grenier de la maison parce qu'elle était paralysée.

Elle était si menue qu'on la voyait à peine. Elle semblait faire partie des objets entassés autour d'elle, ces déchets de la mémoire qui annulent peu à peu tout ce que l'on a été. Lorsqu'elle voulait sortir, mon père ou mon frère devait la porter. Elle avait alors l'air d'un enfant, le teint crayeux, les yeux mornes et la bouche soupirante parce qu'elle n'aimait pas cette humiliation quotidienne, ce voyage sans espoir jusqu'aux latrines au fond de la cour, un trou où le corps se délivrait de sa pourriture pour mieux en fabriquer d'autres, où il se délestait à la fois de son eau, de son intimité et de sa dignité. Elle préférait se retenir pour retarder le plus possible l'échéance, sa vessie se gonflait jusqu'à devenir douloureuse, elle serrait les dents, elle fermait les yeux et se réfugiait dans ses histoires. Peu à peu, sans qu'elle s'en rende compte, celles-ci devenaient sauvages et torturées. Elle livrait alors à la cruauté des hommes ses deux protagonistes, ses deux âmes pures, elle les éclaboussait de toute la boue de sa douleur.

« Bahadour et Housna avaient fui la grande ville aux portes du désert. Ils avaient préféré suivre la voie du soleil et des étoiles et partir à la recherche d'une tribu nomade qui les accueillerait comme ses enfants. Mais ils se perdirent, aveuglés par leur innocence. Ils épuisèrent leur réserve de nourriture, puis d'eau. Elle n'avait pas seize ans. Elle était frêle. Il lui donna sa part d'eau et de fruits, mais bientôt, ni lui, ni elle, n'eurent plus la force de continuer. Ils décidèrent d'attendre. Ils attendirent de longs jours.

Ils se desséchèrent lentement comme des branches

mortes. Ils s'allongèrent l'un à côté de l'autre dans le sable brûlant, les doigts se touchant à peine, et ils regardèrent au-dessus d'eux tournoyer les vautours. De temps en temps, l'ombre d'une aile passait sur leur visage, et ils se léchaient les lèvres, croyant à la promesse de cette fraîcheur. Peu à peu, leurs yeux fiévreux se voilèrent de gris, d'un nuage de défaite. Bahadour voulut se lever, prendre Housna dans ses bras. Mais le crépuscule tombait et le soleil avait donné à son visage un éclat rouge. Dans son délire, il crut qu'elle avait été dévorée par un démon, et il crut qu'il serait dévoré à son tour. Ses mains se refermèrent autour de la gorge fragile de Housna. Il mit, quant à lui, plusieurs jours à mourir. Tel était le prix de son courage. »

Un jour, par curiosité, alors qu'elle dormait, j'ai voulu voir les jambes qu'elle dissimulait toujours sous son sari. Je l'ai soulevé doucement, et j'ai vu deux baguettes toutes blanches, curieusement tordues. La peau était craquelée comme une terre qui n'a pas bu depuis longtemps. Les joints saillaient. La rotule était énorme. Elle se réveilla en sursaut lorsque mon doigt l'effleura. Elle me gifla avant de se rendre compte que c'était moi, puis elle se mit à pleurer.

— C'était toi… Je ne savais pas… Je croyais… Tu es la seule personne au monde à qui je permettrais cela.

— Qu'est-ce que tu as sous ton sari ? ai-je demandé, ne comprenant pas ces choses bizarres et inanimées.

— Ma seule beauté, a-t-elle dit en riant.

J'ai compris cela. Et depuis, lorsqu'on me demande ce que j'ai sur la bouche, je réponds toujours, ma seule beauté. Cela les fait rire. Mais quand je me joins à eux, ils détournent les yeux, gênés. On dirait qu'ils n'ont pas envie de voir l'éclat d'or de mes gencives. Les gens ont honte de la difformité des autres. Le plus curieux est qu'ils ne voient pas la leur. Pourtant, leur miroir a bien dû leur en parler, à un moment ou à un autre. N'ont-ils jamais vu leurs yeux torves, leur bouche rancie, leur chair tuméfiée d'envies ? Mes sœurs n'ont-elles jamais senti l'odeur d'huile frite qui se dégage d'elles et que tous les parfums dont elles noient leur corps ne peuvent masquer ? Tant d'injustice me navre.

C'est alors qu'un trait de génie m'est venu.

— Pourquoi n'apprendrais-tu pas à marcher sur les mains ? ai-je demandé à grand-mère. Tu pourrais alors te déplacer toute seule !

J'étais éblouie par l'étendue de mon intelligence. Mais grand-mère, elle, a haussé les épaules.

— Tu ne comprends rien, a-t-elle soupiré.

— C'est toi qui ne comprends rien ! ai-je répliqué avec rancune.

Non, personne n'a jamais compris. Quels arbres magnifiques croissaient dans ma tête. Des banyans, des multipliants aux cent racines qui lançaient leurs bras aux quatre coins de la terre pour mieux la posséder.

Un jour, ma mère s'est plainte de la paille qui envahissait la cour, apportée là par les cabris et les deux vaches. Tous les jours balayer, balayer, a-t-elle dit. J'ai mal au dos. Et moi, en un sursaut de lumière, j'ai su comment lui éviter de balayer toute cette paille. J'y ai mis le feu.

Mon frère rentrait du travail dans sa chemise nylon et s'est mis à hurler. La flamme était belle. Elle rayonnait avec une chaleur et une gaieté que n'avait jamais eues le soleil. Elle montait, dansait, froissait l'air, faisait naître des sons inconnus comme d'un instrument désaccordé. Des brins de paille s'élevaient aussi et virevoltaient autour de moi. Elle m'offrait ses couleurs, l'étrange lumière qui l'habitait. Je tendais la main vers elle pour mieux les absorber.

J'étais à peine consciente du remue-ménage autour de moi. Cris stridents, *ayo bondie ! ki li finn fer !* Il y a eu un grand affairement et j'ai été bousculée. Le feu a poursuivi son chemin. Une de nos vaches est morte dans un embrasement qui a dévasté l'étable. Ses cris ont résonné longtemps dans le ciel orange. Mais ils ont éteint le feu avant qu'il ne se tourne vers la maison. Dommage. Cela aurait été un beau spectacle. Les hommes du village ressemblaient à des ombres. Ils révélaient enfin leur vraie nature. Leurs orbites étaient blanches sur leur face noire. Mon père avait de la cendre jusqu'aux narines.

Après, hagards, fous de suie et de fumée, empestant la chair brûlée de la vache qu'ils avaient dû enterrer dans un champ, ils se sont tournés vers moi comme des fantômes, comme s'ils voulaient m'enterrer avec elle.

J'aurais dû t'avoir étranglée au berceau.

Qui a dit cela ? Qui a parlé ? Ce n'est pas ma mère, je ne le crois pas, elle aurait dû me remercier et m'embrasser pour la première fois de sa vie. Elle a eu un grand geste vers moi. Enfin, enfin. Elle a tendu la main vers mon visage, puis, avec une énergie très pure, elle me l'a fourré dans les cendres tout juste éteintes. J'ai aimé ce parfum de brûlure. Il est allé loin au fond de moi et s'est lové dans un endroit où j'accumulais toutes mes hontes.

J'ai levé la tête et j'ai vu, à la fenêtre du grenier, ma grand-mère qui pleurait abondamment, comme si elle voulait achever d'éteindre l'incendie avec ses larmes. Sa voix nous parvenait de loin : « *Les sa piti la, li pa kompran nayen, enn fol sa…* » Folle ? Elle disait que j'étais folle ?

— Arrête ta fontaine, lui ai-je crié en réponse, nous sommes tous contents !

Pour une fois, j'étais le centre du monde.

7

L'heure du dîner. J'ai faim, même si je sais que ce ne sera que du riz de ration, du bouillon et de minuscules fragments de poisson salé qui sentent le goémon. Depuis que je me suis réhabituée à cette nourriture humaine, j'ai l'impression d'avoir toujours faim. J'avale le tout très vite, puis j'attends que quelqu'un vienne chercher l'assiette. C'est le seul moment que je partage avec quelqu'un d'autre que moi-même. Autrement, j'habite le battement de ma tête. Dans le gris des jours sans fin, j'entends quelquefois le bruit que font les vrais aliénés (pas les égarés comme moi dans un univers qui n'est pas le leur, ici on prend pour de la folie tout ce qu'on ne comprend pas). J'entends les larmes qui coulent sur leur corps sale, j'entends la faim d'amour dans leur ventre amaigri. J'entends la solitude qui tombe en pluie et s'étale en flaques sans reflets autour d'eux. Plic, ploc, une minute est passée. Personne. Et puis une autre. Personne. Et plus les minutes passent, plus l'absence s'épaissit, et la flaque grandit, la distance s'accroît, et, tout doucement, ils cessent d'exister; ils meurent d'oubli, noyés dans un océan de solitude.

Je refuse de mourir d'oubli. Je suis rescapée de tout. Y compris du four à chaux. Je partirai d'ici.

Quelqu'un est venu prendre mon assiette. Je lui agrippe la main. Je sens, habituée à l'obscurité et aux odeurs précises de l'espèce humaine, que ce n'est pas LA main, celle qui me dévore la nuit. Celle-ci est étroite, blanche et froide. Elle brille doucement devant mes yeux. Vivante. Elle cherche à s'échapper. Mais je la retiens, et je me rends compte que je suis plus forte qu'elle. Je ne la laisserai pas partir. Je me penche, je la suce un peu en voulant la mordre. J'ai oublié que je n'ai plus de dents.

J'entends un cri d'effroi, une voix de souris ou de rat musqué.

— Que voulez-vous? Sa voix est jeune, emplie d'une tendresse de chair pourrie.

— Qui es-tu ? Comment t'appelles-tu ? Pourquoi ne me frappes-tu pas ?

Je croyais avoir été claire. Mais elle n'a dû entendre que des borborygmes incompréhensibles, car elle tremble encore plus, gémit, tord son poignet entre mes doigts pour se libérer.

— Co-ant afelle chu ? ai-je répété, faisant un effort surhumain pour être comprise.

Elle a compris. Elle se rend compte que je veux seulement parler. Elle se calme.

— Lisa. Je m'appelle Lisa. Je suis nouvelle ici.

J'éclate de rire. J'embrasse sa main qui sent le savon Eve. Une forme, une image, un visage, une voix. Monde ébloui. Soleil éclaté très tôt dans ma nuit.

— Vous êtes si seule... dit-elle encore. Elle me caresse les cheveux. Vous avez seulement besoin de quelqu'un qui vous écoute. Et vous...

Je suis accrochée à elle, je bois ses mots, je tremble d'attente.

— Votre regard à vous brille dans le noir avec un éclat terrible. On dirait que vos yeux sont jaunes. Et pourtant, ils ne me font pas peur. Vous êtes différente, c'est tout.

Je l'écoute respirer. J'entends chaque frémissement de son corps. Tant d'innocence... Elle attend que je parle.

— Je vais te dire un secret, Lisa. Je ne suis pas folle. On m'a mise là parce que j'ai tué mon enfant.

Miracle, elle a encore compris. Frémissement de pitié. Lisa est plus qu'humaine. Elle est grande. Elle dépasse les bornes de ce monde sans âme. Elle brille de sa sur-nature. Sa main toujours dans la mienne, elle s'assied à côté de moi. Chaleur de son corps proche, chaleur-fraîcheur du pain cuit, douce douce chair. Il y a du bon en l'homme. Lisa le prouve. Son uniforme craquelle.

— Pourquoi as-tu tué ton enfant ?

— Parce que le Prince Bahadour, celui qui me l'a fait, est parti en me laissant seule avec lui. Ne le dis pas à grand-mère grenier.

— Je ne le lui dirai pas.

— Tu seras mon amie ?

— Ta sœur, si tu veux.

La terre s'effondre. De grands orages éclatent. La lumière se fragmente et des éclats de verre s'enfouissent dans mes yeux. Je larmoie. Plus jamais croire en quoi que ce soit. C'est ma sœur qui est revenue. Non, mes deux sœurs ! Revenues me torturer de leur mollesse et me plonger la figure dans la cendre de mes déchets, brasser mes rêves de vie ordinaire et de cœurs tendus. D'une main violette, je l'ai griffée. Je sens l'humidité du sang sous mes ongles et cela me déchire.

… Je préfère encore la main aux sources brûlantes qui fouille mes hontes la nuit-le jour. Je préfère avoir mal dans le secret de mon corps plutôt que mal au… mal là où tu me fais mal, Lisa. Cet endroit sombre qui est comme une cascade d'où me viennent les larmes et qui est le lieu de regrets, l'espace inconsolable où je suis depuis toujours. Emprisonnée. À absorber le poison de vos haines.

Et jamais les barbelés de ce monde clos ne m'auront tant semblé infranchissables. De l'autre côté, le jour point. Mais ici, la nuit demeure. La nuit et ses éternels remous, l'eau lente de mes rêves qui clapote et chavire, les profondeurs d'où l'on ne peut plus fuir.

Rectangle de lumière jaune, ombre matelassée qui s'enfuit, porte fermée, le noir, de nouveau. Elle, partie.

C'est bien fait. Elle aurait pu me forcer à avouer mon

crime. Alors qu'à présent que je suis seule avec lui, la mer, ma seule constance, m'emporte. La mer dans ma tête me berce de ses bras mous, l'eau m'oscille, haleine d'embrun sur mon visage, petit à petit, un sommeil salé me fond.

(Je n'ai été à la mer qu'une seule fois pour disperser les cendres de grand-mère grenier et je ne l'ai pas oublié. Ma mère voulait que je le fasse, elle ne voulait même pas la toucher à l'état de poussière chaude, alors c'est moi qui ai plongé la main dans ce qui restait d'elle, grains-grossiers-de-grand-mère-grenier, grumeaux sablonneux sous mes doigts, taches de sa fumée sur ma paume, son corps devenu des particules de rien, de néant que je lâchais sur l'eau, que le vent me ramenait au visage pour que j'en avale un peu, tu entres en moi, tu poursuis ta route avec moi, c'est bien ainsi, la mort est notre union définitive et on n'en parlera plus, la mer la boit.)

Je pense à l'ombre de Lisa. Reviendront-ils tous en très grand nombre pour me punir ? La main se lèvera-t-elle sur moi et en redescendant…

Mais cela ne fait rien ; la mer coule dans mon ventre avec des clapotis obscènes, et le petit y est aussi, et je poursuis mon autre vie. Celle-ci, ténèbres à perpétuité, me semble si factice que j'en suis à peine consciente. La réalité est autre. Je ne suis pas d'ici. Je suis venue d'un autre jour, une lumière aveugle dans les yeux, et je suis radieuse, je suis couleur de terre dorée et je poursuis le Prince Bahadour, et l'enfant vibre encore dans mon corps.

8

Il y avait un chien.

Les jours passaient comme des fantômes devant le trou ouvert. De l'intérieur du four à chaux, je n'apercevais que des jeux de soleils et de feuillages. Parfois le vent m'apportait des voix lointaines, mais elles étaient comme des échos d'ailleurs, sans substance. Je maigrissais doucement. Les bêtes étaient mon univers. Je crois que je commençais à les comprendre, à les deviner. Je me rendais compte que je n'avais aucun lieu propre, sauf ici, où je m'offrais, où j'étais reçue, où j'étais absorbée, où j'étais transformée.

Les camions chargés de canne apparaissaient parfois brièvement dans mon champ de vision. Remplis d'hommes qui parlaient et riaient. Leurs yeux étaient sanglants de rhum. Leurs mains, quelquefois, étaient violentes.

Mais d'autres fois, j'en voyais un qui avait un air de douceur et qui me faisait rêver... Une petite vie... Une vie si étroite, si enrhumée... Le monde clos des familles, si cruelles... L'incessante faim d'argent, de biens, de possessions, et tout ça pour rien, parce qu'à la fin, leur vie sera restée toute petite, plus ficelée dans ses habitudes que moi dans mon cocon, et leur esprit et leur corps, rongés par les envies grouillantes, auront dépéri. Et puis, au bout de leur temps alloué, ce seront eux qui auront perdu toute trace d'humanité. C'est cela ? Non, je n'en veux pas.

Et puis le chien est venu. Il est passé deux ou trois fois devant l'ouverture, me regardant, évaluant ma situation. Je n'avais jamais lu tant d'intelligence dans les yeux d'un être vivant. J'étais toujours attachée, vous vous en souvenez, ficelée par les fibres de ma générosité, et les bêtes continuaient leur ouvrage, pas du tout effarouchées par la présence du chien. Il était d'ailleurs lui-même bien mal en point. Il était couvert de puces et de ses propres parasites. Il était très maigre et cabossé, il avait dû être abandonné comme moi à sa faim. C'était peut-être pour cela que je l'intéressais.

Il a fini par entrer. Il avait l'air de sourire, mais douloureusement. Il s'est approché et m'a léchée. Sans hâte, car il s'est bien vite rendu compte que j'étais prisonnière. Il m'a léchée un peu partout, sans vraiment déranger les bêtes, lesquelles s'écartaient passagèrement pour revenir en plus grand nombre (car elles s'étaient incroyablement multipliées, à présent, elles étaient repues et dodues à souhait, ayant sans doute découvert les délices de l'amour, le ventre plein.)

Puis, ainsi imprégné de mon odeur et de mon goût, il est allé s'installer un peu plus loin et il s'est endormi. À le voir, à percevoir cette présence animale, cette intelligence non loin de moi, j'ai eu envie de compagnie. Les milliers de parasites qui m'avaient colonisée ne me parlaient pas, malgré tous mes efforts pour communiquer avec eux. Mais lui… Ses yeux avaient l'air de parler aux miens. Et, surtout, j'avais eu la sensation d'une compréhension très vive, très fine. D'ailleurs, il me semblait bien que je l'attendais. Les sens en alerte, je l'attendais.

Le lendemain matin, il s'est levé, a bâillé longuement et voluptueusement, a chassé quelques puces de son pelage fauve. Puis il est sorti. Au bout d'un moment, il est revenu en tenant dans sa gueule une vieille boîte de conserve qu'il avait remplie d'eau de quelque mare proche. Il me l'a apportée.

J'ai bu à sa manière, en lapant, pour lui montrer ma gratitude et aussi parce qu'emmaillotée comme je l'étais, je ne pouvais pas faire autrement. Il a posé la boîte sur le sol. À partir de ce moment, il a dû me compter parmi ceux de sa race, car soudain, avec une férocité inattendue, il s'est jeté sur le petit peuple qui m'habitait et que j'aimais pourtant tendrement, et il les a tous massacrés. Sans en laisser un seul. Il est allé les chercher dans tous mes recoins. Il a même léché mes plaies pour en retirer les parasites qui y étaient logés. Il m'a libérée du reste de mes liens de quelques coups de patte.

Enfin, il m'a tirée jusqu'à la mare par le peu de vêtements qui me restaient, et il m'y a laissée pour que je puisse me désaltérer et me nettoyer.

J'ai eu du mal à me resservir de mes bras et de mes jambes. Mais petit à petit, la circulation est revenue, la coordination aussi, et j'ai pu me redécouvrir, presque entière (puisqu'il me manquait les orteils). Mais en me libérant de mon carcan de parasites, j'ai vu que je n'étais plus humaine. J'étais autre chose, un être sauvage et replié qui ne pouvait plus se faire comprendre, si tant est qu'il l'avait jamais pu. L'essence des bêtes à la faim urgente était restée en moi. J'avais développé un esprit de meute.

Je suis sortie de la mare à quatre pattes, car je ne pouvais plus marcher debout. Le chien me surveillait avec un tel air de fierté que j'ai senti que je me transformais sous son regard. Des fleurs s'épanouissaient sur mon ventre. J'ai regardé ses yeux noisette, et j'y ai vu quelque chose d'inouï : la compassion. Je me suis assise en face de lui, et, dans cette aube qui n'avait rien d'annonciateur, nous avons eu une conversation faite de silences et de sourires.

Une conversation d'amour. À partir de ce jour, il est devenu mon compagnon.

9

Gloire et saisissement.

Lisa est revenue. Je l'ai reconnue à son odeur. Je me retire dans un coin de ma niche avec méfiance, mais je sais déjà que je vais lui pardonner. Elle a pris trop d'ampleur dans ma cervelle confite pour que je lui permette de s'échapper de nouveau. Aussi, je me terre dans mon coin, reniflant avec mauvaise humeur, mais ne la touchant pas.

Elle me fait ma piqûre et me donne mes cachets sans rien dire. Ce mutisme m'inquiète un peu. Sans doute l'ai-je vexée. Sans doute ai-je provoqué en elle le même dégoût, la même répugnance que chez les autres. Elle n'aura été Lisa en tout et pour tout que pendant quelques minutes. J'essaie d'esquisser un sourire conciliant. Mais évidemment, elle ne le voit pas. Elle me tourne le dos et fait mine de partir. Je suis bien obligée.

« Attends, reste encore un peu ».

La solitude me ronge, Lisa.

Elle s'approche de moi, mais sa sueur sent encore la peur et la méfiance.

— Je ne suis pas ta sœur, dit-elle.

Elle a compris. Je suis pardonnée.

— Je serai ton amie, si tu le veux bien.

— Le seul ami que j'aie eu était un chien, dis-je avec un semblant de mauvaise grâce.

Elle ne dit plus rien. Ça y est, j'ai encore tué la conversation. Mais comment parler ? Je ne sais plus. Je n'ai pas de temps pour les banalités. Ce n'est pas comme si j'avais toute la vie devant moi, et que j'avais l'habitude de gens qui me comprennent. Ma vie est derrière. Je n'ai plus rien à dire.

Elle m'écoute respirer. Elle attend, elle ne part pas. Je ne comprends pas les gens comme elle. Finalement, je me décide à parler :

— Ils sont tous là, dehors. Avec leur lumière et leur rire, leurs nourritures et leur soif. Ils aspirent à la simplicité des choses, à un songe linéaire de la naissance à la mort, comme une corde tirée à laquelle ils s'accrochent pour ne pas se perdre ou se pendre. Cœurs murés, âmes barricadées, yeux crevés pour ne pas reconnaître ceux qui se noient dans leur besoin d'eux. Un vide si grand qu'ils finissent par avoir peur de ce vertige. L'envers des choses ne signifie rien, cet univers de tristes monstres et de destins cruels n'est qu'un cauchemar issu de leurs angoisses. Il n'est pas vrai.

Mais moi, je ne vois pas la même chose qu'eux. Je ne reconnais ni leur lune ni leur soleil. Il n'y a pas de ciel en attente de ma venue, mais un trou encore plus profond qui attend que j'y plonge. Et encore faut-il que je sois passée par toutes les étapes de mon chemin de braises. Il faudra que je sois percée au cœur, encore et encore, pour bien comprendre le sens du véritable sacrifice. Sans cette souffrance-là, le repos n'aura aucune signification. Quand je m'arrêterai pour dormir, ce sera en ayant mérité ce paradis simple qu'est l'oubli.

En attendant, ils peuvent toujours se moquer de moi, avec leurs minuscules vertus et leurs émotions de papier mousseline. Ils peuvent toujours s'enorgueillir de leurs airs de conquérants, il leur reste encore beaucoup de vies à apprendre.

— Je ne suis pas comme les autres, répond-elle. Ils sont devenus durs et cruels, et ils ont oublié le sens de la compassion.

Cela me fait penser au chien. Peut-être Lisa a-t-elle des yeux qui lui ressemblent…

Vous n'êtes pas responsables de votre maladie, dit-elle encore.

Nous ne sommes pas malades, ne comprends-tu pas ? Seulement autres, et nés pour nous accrocher à d'autres croyances et d'autres espoirs. Seulement autres.

Parler de tout cela m'attriste. Cela me fait penser à la longue maladie de grand-mère grenier. Si frêle et si souffrante, reléguée à cette horrible paillasse, ce sari blanc, cette cuvette à ses côtés qu'on ne vidait que le soir et qui lui faisait tellement honte. Elle avait tant de pudeur. Personne ne pouvait le comprendre. Elle ne disait jamais «donne-moi». Elle attendait que l'on devine ses besoins. Mais qui se préoccupait jamais de le faire ? Elle avait soif, mais elle ne pouvait exprimer ce désir. Alors, elle demeurait là, à se lécher les lèvres jusqu'à les rendre sèches, violettes et tuméfiées, et elle regardait vaciller devant ses yeux larmoyants la vision du liquide transparent, goutte après goutte, elle voyait l'eau, croyait la goûter, somnolait et rêvait qu'on lui en versait un grand verre, puis se réveillait dans un désert où tout était sec et tari et la terre avait oublié jusqu'à la mémoire de l'eau. Comme les héros de ses histoires, elle ouvrait les yeux et regardait, impuissante, la danse mouvante et lente du destin. Il n'y avait pas de fin heureuse, ni pour elle, ni pour eux.

« Lorsque les nomades découvrirent leurs corps, ils avaient déjà été attaqués par les vautours. Leurs yeux étaient crevés et leurs orbites caves contemplaient, imperturbables, un ciel qui n'avait eu aucune clémence envers eux. Leur poitrine ouverte exposait des organes à moitié dévorés. Le vent et le sable du désert avaient fait le reste. Rien d'humain ne subsistait dans ces cadavres méconnaissables.

Pourtant, lorsque les nomades voulurent les enterrer, ils ne purent détacher les deux mains entrelacées. Les corps tombaient en morceaux, mais les doigts refusèrent d'être séparés. Ceux qui les touchèrent ressentirent aussitôt une immense tristesse qui les empêcha de poursuivre leur besogne. Le soir tomba tôt, comme un voile de brume. Les animaux restèrent silencieux. Alors, ils se contentèrent de répandre sur les corps une poignée de sable, murmurant des prières. Il fallait les abandonner à l'œuvre du temps. Un jour, Bahadour et Housna reviendront chercher ce qui reste d'eux pour réconcilier leur âme avec la cruauté des hommes. Et toi qui passes par le désert comme un cavalier d'ombre, sache que ce n'est pas le vent qui hurle au-delà des dunes ou qui gémit dans les cavernes de sel. Écoute ce chant, tu n'en sortiras pas indemne. Quand tu te retrouveras parmi les hommes, tu te sentiras à la fois éclairé et mortifié, et tu auras appris à aimer et à désespérer, car la voix de Housna et de Bahadour sera entrée en toi. »

Ainsi se terminait son chant, comme un cri de lassitude, avec le bruit de ses larmes.

Il n'y avait que moi qui savais et qui comprenais tout ce qu'il y avait d'humain et d'inépuisable dans ce vieux corps méprisé. Elle avait essayé de me transmettre ce qu'elle avait su de la vie. Bien sûr, pour elle comme pour moi, la mauvaise étoile de Shyani avait marqué nos fronts de son fer noir, et nous n'étions là que pour nous défaire des espoirs inutiles et factices et aller jusqu'au bout de nos amertumes. Mais cette âpre potion, en fin de compte, était la seule vraie mesure de la vie. Les yeux de grand-mère grenier, comme ceux du chien, brillaient de l'éclat de leur offrande. Les jambes desséchées de grand-mère grenier, ma bouche absente, et l'amour du chien : c'étaient nos trois vérités.

Le reste n'avait pas d'importance.

Il n'y avait pas d'autre manière d'être. Ma mère avait beau désirer sa mort jusqu'à s'en user le cœur, elle ne mourrait que quand il serait temps. Parfois, elle me mettait entre les mains une boîte d'allumettes rouges, ou bien encore c'était un flacon de mort-aux-rats qui dégageait un souffle acide et vénéneux, et elle me surveillait alors que je montais avec au grenier, puis attendait mon retour, suspendue à la rampe, fébrile, remplie d'expectative.

Lorsque mon retour ne s'accompagnait d'aucune fumée, d'aucun dégagement de soufre, d'aucun hurlement, d'aucun bruit de corps entrechoqués, elle se relâchait, ses épaules perdaient toute leur tension et elle me tournait le dos. Elle ne voulait pas que je voie la déception dans ses yeux. Elle ne voulait pas que je sache que, pendant quelques instants, elle avait dépendu de moi et avait attendu quelque chose que seule, je pouvais lui donner. Mais je ne faisais que jouer avec elle, avec eux. C'était ma seule façon de retrouver une fierté perdue : en mettant à nu leurs désirs les plus fous et leur visage le plus haineux. Ainsi, je pouvais me réconcilier au manque d'amour. Je protégeais grand-mère grenier de toutes mes forces. J'ai été sa digue et son rempart, jusqu'au dernier moment, jusqu'à ce que ses yeux enfin se ferment de sa fatigue et que sa dernière larme soit extraite d'une paupière devenue trop lourde, jusqu'à ce qu'il ne reste plus qu'un fil à couper pour la libérer.

Est-ce moi qui l'ai coupé, ce fil, après tout ? Je ne le sais plus.

— C'est ton enfant que tu as tué, tu me l'as dit, affirma Lisa, essayant de mettre de l'ordre dans mes idées. Pas ta grand-mère.

— Elle l'était aussi un peu, mon enfant. Mais j'ai seulement cette sensation d'une chair morte entre mes doigts, et je l'ai pétrie et malaxée, je pensais qu'elle allait revivre, ou que j'avais créé quelque chose de rien du tout, du néant, comme un dieu, mais finalement, on l'a quand même brûlée, pauvre grand-mère grenier, et j'ai répandu ses cendres sur la mer dévastée.

— Tu ne te souviens vraiment de rien ?

— Si, bien sûr. Je me souviens de tout. Tout est inscrit là, au milieu de ma tête et sur les espaces vides de ma peau... Les espaces vides qu'a laissés la main...

— Quelle main ?

— Celle qui vient dans le noir, tu sais, quand tout est tranquille. Je n'entends plus rien, rien, c'est comme si le monde avait disparu, rien n'existe plus, je suis dans un espace sans limites et en même temps réduit à quelque chose d'infime, parce qu'il n'y a plus de différence. Et puis la porte s'entrouvre. Recrée un monde. Autre. Dans lequel il n'y a que lui et moi. Lui, et sa main tendue comme une compagne de haine. Et alors, il commence son travail.

— Quel travail ?

— Celui de m'explorer. Partout. Ici et là, touche, tu sens les ecchymoses ? Tu aimes ce mot ? C'est ainsi qu'il appelle les bosses qu'il me fait, il murmure, fais voir les ecchymoses et les hématomes que je t'ai faits la dernière fois, laisse-moi sentir la nuit et la douleur sur ton corps, laisse-moi toucher les marques que j'ai laissées, tu es ma pâte à modeler et je te déforme, je te fais autre, tu es un paysage que je sculpte chaque nuit, laisse-moi sentir les bleus, les violets, mes couleurs de souffrance, c'est si beau, si beau… Et après, il cherche des endroits où il n'y a pas de marques, où la page est vide, et il m'en fait à ces endroits-là, et je ne peux pas crier. Je dois le laisser me vivre me ciseler me marteler, la main est souveraine, la nuit.

Je sens Lisa très agitée.

— C'est terrible, on ne peut pas permettre cela, je dois...

— Surtout ne dis rien, Lisa. La main reviendrait, et elle m'étoufferait jusqu'à ce que je sois presque morte et elle me laisserait reprendre une goulée d'air, rien qu'une, avant de m'étouffer de nouveau. Mes yeux saignent. Je ne veux pas mourir maintenant, pas avant d'avoir revu mon enfant, celui que j'ai tué.

Et j'oublierai pour toi l'histoire de la main, car je sens autour de toi un danger. Je ne veux pas que tu disparaisses pour de bon, que tu me quittes à nouveau dans ce noir comme grand-mère grenier m'a quittée, et tous, les uns après les autres. Je peux encore vivre ma honte, du moment que je prétends que mon corps n'existe pas, ce n'est pas difficile, mais surtout, Lisa, ne pars pas. Ce n'est pas difficile de ne plus exister, ou de trop exister. Je peux te l'apprendre. Comme le chien me l'a appris, lorsqu'il est resté près de moi et que je l'ai compris, avec ses instincts et ses habitudes de chien.

10

À ce moment-là, il semblait qu'on m'avait oubliée dans le four à chaux, qui était ainsi devenu le lieu de ma sépulture. Le froid, la faim, les besoins immédiats et furieux du corps, tout cela ne me disait plus rien. Les pierres ressemblaient aux cœurs de ceux qui m'avaient abandonnée. Aucun espoir ne pleuvait plus par la cheminée aux lointaines envolées. Plus aucun oiseau ne me chiait dessus en la survolant, et cela, plus que tout, me persuadait que j'étais morte.

Un soir, j'ai entendu le grondement des tambours et la plainte des *shehnais*. Des chansons d'amour indiennes ont tonitrué tout autour de moi et ont fait revivre un instant les histoires de grand-mère grenier. La chanson de Heer et Ranjha, ces deux autres héros tragiques, est venue cogner aux portes du souvenir : deux cœurs brisés, deux cœurs vaincus, oh, que direz-vous maintenant, vous qui habitez ce monde sans pitié... Mais j'ai compris au tapage qui a suivi qu'on mariait mes sœurs. Elles ne devaient pas avoir le cœur brisé, bien au contraire. La musique annonçait l'événement aussi loin qu'elle le pouvait. Grande fête dans tout le village. Grands accords et épousailles. Moi oubliée. Je crois bien qu'à ce moment-là, il n'y avait plus de grand-mère grenier pour touiller leur conscience coagulée. Personne à la fenêtre pour surveiller mes va-et-vient de l'aube, quand je mourais et renaissais tour à tour, tel un loup-garou des sables. Il n'y avait que mon œil accroché à l'œil de bœuf du mur, qui surveillait les choses, qui regardait dans ma tête mes sœurs trottiner dans leur lourd sari broché sur leur patte de velours aux ongles rouges. Ma mère souriait de soulagement d'avoir enfin casé mes sœurs et d'être libre de satisfaire les menus désirs de mon frère de diamant fin au teint d'orgueil levant.

Mon père réfléchissait à ce que lui avaient coûté ces mariages et se félicitait de m'avoir ensevelie vivante – ou morte ? il ne le savait plus. Il mangeait à grand bruit le curry pimenté de jalousie que sa femme servait sur les feuilles de bananier, et le bruit commun de tous les invités mangeant buvant avalant lapant le grisait. Il poussait de côté le songe amer et noir qu'on avait posé en un petit tas dans un coin de la feuille : cela lui faisait trop penser à moi.

Mais pour le chien, au moins, j'étais bien vivante et bien vraie. Nous avons passé les premiers jours à nous épouiller, à soigner nos plaies et nos blessures. Il était pareil à moi, une loque dorée. Sa langue était rêche contre ma peau, mais elle parvenait à enlever la couche de moisissure qu'y avait laissée le cocon des insectes. Ses flancs battaient doucement. Ses côtes saillaient. Les miennes aussi. Finalement, à quatre pattes, je lui ressemblais. Je me suis mise à sourire comme lui, de ce sourire déchiqueté des créatures en perpétuelle souffrance.

L'amour… L'amour seul pouvait opérer cette transformation.

Au bout d'un temps, il m'est poussé sur la peau une sorte de duvet brunâtre et doux qu'il aimait caresser. J'ai acquis, au niveau du ventre et de la nuque, de délicieuses zones érogènes. Nos souffles mélangés se terminaient en râles, en plaintes ventrales.

Au début, dans des moments de lucidité, je m'horrifiais de ce qui m'arrivait. Le chien dormait à mes côtés, et je savais que cette masse lourde et chaude, cette respiration amère, cette odeur de chair et d'instinct m'étaient totalement étrangères. Malgré mes transformations, il restait en moi quelque chose d'humain. Notre appréhension des choses n'était pas la même. Je pouvais, moi, penser au passé, me représenter le visage de ma famille meurtrière, entendre la voix de grand-mère grenier et imaginer un futur qui n'avait plus aucun sens ni aucune mesure. Je me recroquevillais d'angoisse, tentais de me cacher ou de me dissoudre dans la grisaille, dans les pluies ou les vents qui nous souffletaient, rêvais d'en finir avec moi-même parce que j'étais devenue mon propre enfer.

Mais ensuite, il se réveillait, et son premier regard était vers moi, pour s'assurer que j'étais bien là. Cet amour silencieux me troublait et m'anéantissait. Ce que je voulais par-dessus tout, c'était son innocence. La tenir entre mes mains comme un fruit et y refermer ma bouche et mes dents.

Petit à petit, cette innocence et cette absence de questions sont entrées en moi. J'ai étouffé l'être inquiet qui tentait de me réveiller de mon état de léthargie. Je me suis tournée vers le chien et nous avons vécu des jours de découverte et d'ardeur. Nous n'avions que l'un et l'autre. J'appris à écouter ses songes fiévreux. Il était venu de loin dans sa quête d'une compagne. Lui aussi, comme moi, avait été marqué et avait compris la lourdeur de la solitude. Sa première compagne et ses fils avaient été capturés sous ses yeux par la fourrière. Depuis, il voyageait seul et se méfiait des hommes. Jusqu'à ce qu'il me rencontre et se rende compte qu'eux aussi, parfois, méritaient d'être aimés.

Nous sommes restés de longs mois dans le four à chaux. Mais un jour, il a décidé de m'emmener loin d'ici, car on risquait encore de me retrouver. Il faut dire qu'il avait entendu des enfants rôder non loin, cherchant le monstre qu'on avait entendu gémir dans les parages. Je ne pensais pas qu'ils parlaient de moi. Quelque part, je n'étais encore qu'une petite fille abandonnée. Lorsqu'ils se sont rapprochés, le chien s'est empressé de me cacher sous des sacs de gunny qui se trouvaient dans le four. Il m'y a retenue jusqu'à ce qu'ils s'éloignent, même si je suffoquais. C'était là son amour à lui, possessif, protecteur et exclusif. Il est devenu très agité, presque sauvage. Il grondait sourdement dès qu'il flairait une présence humaine.

Un soir, il m'a entraînée hors du four à chaux. Je l'ai suivi, je ne pouvais faire autrement. Nous avons marché longtemps à la lueur des étoiles, les yeux brillants dans le noir, apprenant à être des créatures de la nuit, flairant le sol à la recherche de nourriture et de danger. Il nous fallait faire de grands détours pour éviter les quartiers habités. Aux alentours d'une grande ville appelée, dans un lointain souvenir, Rose Hill, la colline aux roses, nous nous sommes heurtés à une immense meute de chiens. Ils nous ont dit qu'ils possédaient la ville, la nuit tombée. C'était vrai. Au milieu de la nuit, les gens se barricadaient. Les chiens arpentaient les rues désertes, fouillaient dans les poubelles, mordaient les soûlards endormis dans un caniveau. Ils laissaient partout des traces de leur passage, leurs crottes, leurs poils, leur terreur. Les gens ne savaient pas comment affronter ces bêtes sauvages et carnassières qui les avaient assiégés.

Nous nous sommes joints à eux. Nous étions une horde hâve et tourmentée. Ils se battaient souvent entre eux, repoussant et chassant les plus faibles. C'était ainsi. Telle était leur loi. Il était rare que l'un d'eux ne meure au matin des suites de ses blessures. Mais dès qu'ils voyaient un

humain, ils retrouvaient d'instinct leur solidarité et s'atta-
quaient à lui. Je ne voulais pas cela. Je me sentais toujours
un peu de race humaine. Je tentais de les retenir, de les
empêcher de se lancer sur cette voie. J'avais des prémoni-
tions de désastre. Je savais que les hommes ne se laisse-
raient pas faire.

Le jour, nous dormions dans les dépotoirs ou dans les
cimetières de voitures. Nous contemplions d'un œil
moqueur les inutiles efforts des hommes pour changer leur
nature. Le métal rouillait et pourrissait lentement, avec des
craquements sinistres. Il nous semblait entendre les gens
qui étaient morts dans les voitures accidentées. Parfois, un
mendiant venait dormir là, à l'abri de la pluie. Mais la
plupart du temps, les gens s'écartaient des lieux où nous
étions. Cette ville avait jadis été fleurie et ensoleillée.
À présent, il ne restait plus qu'un lieu trouble et sale. Les
gens devaient récolter l'eau de pluie pour boire parce que
les tuyaux cassés laissaient partir l'eau potable dans les
caniveaux. À la lumière des bougies, ils ressemblaient à des
fantômes, sans but et sans espoirs.

Souvent, la meute non plus ne trouvait rien à manger
de toute la journée. Les chiens devenaient alors plus

dangereux. Ils se répandaient à travers la ville et grondaient auprès des portes. On entendait les enfants pleurer à l'intérieur des maisons et les mères les supplier de se taire.

Un soir où ils étaient plus affamés que d'habitude, ils ont vu une jeune famille immobilisée dans une voiture en panne, au milieu d'une ruelle déserte. Ils ont vu toute cette chair rose et saine, respiré cette odeur de fragilité et de poudre de talc qui émanait d'eux, perçu l'angoisse qui grouillait dans leur ventre comme une épice parfumée alors qu'ils nous regardaient derrière les vitres fermées, et ils n'ont pas pu résister. Mon ami et moi, nous avons tenté de les en dissuader. Ils ont de jeunes enfants, leur avons-nous dit, pareils à vos enfants à vous lorsqu'ils naissent sans savoir marcher ni souffrir. Ils ne savent encore rien de la vie, une telle faiblesse, une telle innocence, vous ne pouvez pas les détruire. N'oubliez pas que l'homme est fort, malgré tout. Vous paierez cher le prix de votre bêtise et de votre faim. Vous ne connaissez pas la brûlure des fusils et l'agonie d'une arme blanche tailladant votre corps, laissez-les, écartez-vous.

Mais cela n'a servi à rien. L'un d'eux, le chef, m'a donné un coup de croc au bras lorsque j'ai voulu le retenir.

Que t'ont donné les humains, pour que tu les protèges, m'ont demandé ses yeux durs ? Mais j'ai répondu, je ne suis pas pareille à eux. Il a ajouté : « Aujourd'hui ils ont peur de nous, demain ils nous attaqueront avec la même barbarie. Quelle est la différence ? Et ensuite, ce seront contre leurs congénères qu'ils se tourneront, surtout les plus faibles. Pourquoi les épargner ? » Mais je savais, moi, qu'ils méritaient parfois notre pitié. Mon ami a regardé mon sang qui coulait ainsi et il m'a dit : « Allons-nous en. » Je ne voulais pas, je voulais encore tenter de sauver la famille, mais nous n'avions aucune chance. Il m'a entraînée vers les hauteurs, et, ensemble, frissonnant de froid et de tristesse sur cette colline qui sentait les roses tardives, nous avons vu la meute s'attaquer à la voiture, en briser les vitres et ravager les gens qui se trouvaient à l'intérieur, une inconcevable luxure, une marée de violence et de cruauté, des cris, des supplications, des grondements, des jappements. Et, au bout d'un long, long moment, le silence.

Et puis, encore plus tard, des camions de l'armée sont arrivés. Nous sommes partis avant de voir les lance-flammes figer les corps de nos congénères en une masse incandescente, avant de respirer l'odeur de brûlure de leur chair, avant d'entendre la stridence de leur douleur. De telles sauvageries vous laissent à jamais dans la gueule un goût de sang et de sacrifice.

En même temps, les maisons des bidonvilles brûlaient.

Nous sommes partis. Nous nous sommes éloignés de toute vie humaine. Cela me faisait trop mal. Il le savait, et il m'a appris progressivement à interrompre ma mémoire. À penser, comme lui, uniquement avec la certitude de l'instinct. À interdire toute question. À devenir. J'ai goûté aux rats et aux mangoustes qu'il tuait pour moi. J'ai ensuite appris à les tuer moi-même. Je ne risquais plus de mourir de faim. Nous sommes devenus, nous aussi, des prédateurs dont l'odeur effrayait les petits animaux qui nous rencontraient. Cette peur faisait partie de notre puissance. Mais il n'y avait pas de méchanceté en nous. Et ceux qui mouraient sous nos dents, qui nous offraient leur chair parce que telle était la loi de la nature, le comprenaient, et libéraient des sucs grisants pour nous remercier de les tuer sans rage.

L'errance était ma solitude, le monde des vivants mon enfer. Dans sa gueule grande ouverte j'entrevoyais son vertige. Il fallait comprendre cet animal au regard plus lourd que la terre pour comprendre d'où nous étions venus et jusqu'où nous étions allés. Loin de l'instinct de survie tout simple et au-delà de toute bonté. Rien ne ramènerait plus les hommes du bord de cet abîme-là.

Pour les hommes, la souffrance des autres est un plaisir, et non une nécessité. La violence et la haine les gouvernent, et le monde a atterri sanglant entre leurs pattes. Mais avec mon compagnon, j'appris la simplicité des besoins. Parfois, lorsque je retrouvais mon humaine duplicité, il me frappait et me punissait. Mais c'était sans colère. Il ne cessa jamais de m'aimer.

Si proche de la terre, je découvris les harmonies naturelles dont je faisais à présent partie. Nous nous arrêtions pour manger quand l'envie nous en prenait. Nous errions. Les souvenirs se détachaient de moi parce que je n'en avais que faire. Je marchais toujours à quatre pattes et il me poussa des griffes et des crocs, en plus du duvet brun qui m'avait rendue si belle à ses yeux et masqué tous mes défauts. Libérée de mes vêtements et de l'inconfortable position debout, j'acquis une allure de reine. Mes bras et mes jambes se mouvaient avec une coordination nouvelle, une grâce qu'ils ne se connaissaient pas. Je compris que cette position m'était naturelle et que nos sens étaient faits pour être proches de la terre et en absorber les énergies exhumées.

Je devais cependant me cacher des gens. Ils étaient dangereux pour moi. Le jour, nous dormions comme des créatures hantées. Parfois, à l'approche des habitations, il allait m'attraper des poulets, et le goût de cette chair remuait en moi quelque chose d'ancien, un vieux souvenir d'épices se manifestait comme une faim plus profonde que les autres. Puis, cela me passait. Je ne sais pas pourquoi il me fut tellement facile de changer d'aspect et de vie. Peut-être avais-je toujours été ainsi. Et qu'auprès de ma famille-monstre, j'avais appris que la véritable pureté ne pouvait être parmi les hommes : elle devait donc se trouver parmi les animaux. Je devins une bête avec grâce et grandeur.

La vie vous fond entre les pattes. L'ardeur vous enfièvre et vous désintègre. La boue des chemins vous colle à la peau et au ventre. Des pans de ciel vous tombent dans la bouche et fondent en un sucre glacé et bleu, vous remplissent d'une sensation de vide et d'immensité. Si vous ne connaissez pas cela, ce vide, ce froid, cette inexistence, cette absence, vous n'avez pas encore vécu. Courez les routes, tant que vous le pouvez. C'est le seul sens d'une telle vie. Et l'amour vous lèche de sa langue râpeuse en nettoyant toutes vos vomissures à l'abri des lataniers au cœur de lait.

J'ai failli perdre entièrement la mémoire d'avant. L'existence au creux de grand-mère grenier, la petite chose éclatée que j'avais été dans la famille-gigogne, emboîtés si étroitement les uns dans les autres qu'ils ne me laissaient pas le plus petit espace où me nicher, moi, le culot de la portée, avec ma bouche en cœur. J'ai perdu la mémoire du four à chaux où ils ont tenté de m'assassiner de solitude. Il a fallu cette créature tiède et palpitante, aux flancs de chair, pour me tirer de là. Comment vous pardonnerais-je ?

Mais nous y sommes retournés, finalement, au four à chaux. Deux chiens assommés de notre perpétuelle trans-humance, fatigués de tout, flairant les traces ensanglantées que nous avions laissées tout au long de notre route. Il nous fallait retrouver ce suc amer, cet hiver ranci où il n'y avait plus rien à manger parce que les tracteurs étaient passés par là et que la terre éventrée ne contenait plus rien de comestible dans ses entrailles fumantes. Nous avons dû fuir. Dans le village de Trou d'Eau Douce, j'ai cru pouvoir me nourrir des mangues au parfum d'irréel qui pliaient les arbres. Mon compagnon n'en voulait pas, mais moi, j'ai goûté à cette pulpe savoureuse, et quelque chose de doux et de secret est entré au fond de moi. Je n'ai rien dit. J'ai dormi, le cœur chaviré. Mais le lendemain, lorsque j'ai de nouveau voulu en cueillir, les gens m'ont vue, et ils ont crié au loup-garou, ils m'ont attaquée à coups de serpes, et j'ai dû fuir, fuir, éperdue, évertuée, terrifiée des hommes, car je voyais bien qu'ils ne me reconnaissaient pas : je n'avais plus rien d'humain. Nous avons couru d'un seul trait jusqu'à la mangrove qui nous a ensevelis dans son odeur de limon et de vase, et cela nous a rappelé l'odeur du four à chaux où nous pouvions passer l'hiver à l'abri.

Nous étions squelettiques et faibles. Nous avions à peine la force de continuer notre course à travers les espaces buissonneux, de nous creuser des trous de taupe la nuit pour nous soustraire au regard des vivants. Nous étions cependant devenus experts dans l'art de la dissimulation. La race canine est d'une formidable intelligence. Nous la soumettons à la servilité, mais il y a en elle un mystère plus énorme que celui de Dieu : les chiens nous surveillent, où que nous soyons, pour quelque grand œuvre que nous sommes bien incapables de deviner, et ils choisissent parmi nous les rares élus capables de les aider à l'accomplir.

Réinstallés dans la chaleur du four, mon protecteur n'a laissé nul ennemi s'approcher de moi. Il éloignait les rares passants de ses grondements menaçants. L'endroit fut définitivement hanté.

Du moins, jusqu'à l'arrivée du Prince Bahadour. Et là, il n'a rien pu faire malgré la terrible jalousie qui s'est mise à le ronger, car c'est moi qui ai accueilli le prince à bras ouverts, c'est moi qui ai trahi mon compagnon d'infortune, c'est moi qui ai instinctivement retrouvé des allures de Princesse Housna mièvre et sans regard pour mieux l'ensorceler, et il s'est laissé prendre à la nuit de mes membres...

11

Cela s'est passé quelques jours à peine après que nous avons repris possession du four à chaux. Les parasites sont réapparus, l'appétit aiguisé par leurs minuscules souvenirs, mais à nous voir ainsi unis, ils ont pris peur et ont couru se réfugier dans leurs trous rongés par la chaux vive et n'en sont plus ressortis. Nous nous sommes réinstallés dans nos habitudes et nos fragments de certitudes. Je sentais mon ami troublé, agité.

Quelques-uns de mes vieux vêtements étaient encore entassés dans un coin. J'ai été surprise, en les voyant, d'avoir envie de les porter. Je les ai mis sur mes épaules. Ces lambeaux flottants m'ont rappelé que j'avais été autre chose, et que j'avais perdu la mémoire de cet autre moi. À force de marcher nue, j'avais oublié le sens de l'impudeur.

J'ai eu envie de cacher mes seins pour avoir le plaisir de les dévoiler.

Puis j'ai retrouvé le sari de coton blanc enfoui sous les sacs de gunny comme pour mieux assurer mon amnésie. Et alors, la mémoire m'est revenue d'un coup. Le visage de grand-mère grenier m'est apparu clairement, et je me suis ressouvenue de l'amour humain, si tendre, si tourmenté. Je suis tombée à la renverse en me rappelant que je n'étais pas un chien. J'ai contemplé avec horreur mes poils drus, mes griffes, les croûtes qui s'étaient formées sur mes genoux et la paume de mes mains, qui s'étaient endurcies, puis se détachaient périodiquement en libérant une sève blanche, et je ne me suis pas reconnue. Qu'étais-je donc ? Quelle créature étais-je devenue ? Un bec-de-lièvre m'avait-il excisée de toute humanité ?

Je suis allée jusqu'à la mare et je me suis lavée soigneusement. Je me suis rongé les ongles et limé les dents avec une pierre tranchante. J'ai vu dans la mare s'échapper le duvet brun, comme si une part de ma vie, de nouveau, me quittait en une mue mystérieuse. Ainsi, il fallait que je reprenne mon apparence d'avant...

Mon compagnon regardait ces transformations avec tristesse, comme s'il devinait que je lui échappais à présent pour de bon. Ses yeux étaient humides, je voyais dedans le fond de sa douleur, mais il s'est mis à gronder lorsque je l'ai regardé. Il ne voulait pas que je m'apitoie sur lui, il était bien trop fier pour cela. Je n'avais été, tout au plus, qu'un compagnon de passage dans son paysage hivernal et souterrain. Il pouvait survivre. Mais je savais néanmoins que je lui brisais le cœur.

Peu de temps après, le Prince est arrivé.

Il faisait beau ce jour-là, je m'en souviens. Le temps était sec et clair. Les nuages étaient peu nombreux, prêts à s'effilocher sous le moindre souffle d'air. Des oiseaux migrateurs sont passés tout près de moi, les ailes fatiguées, et il m'a semblé qu'ils m'annonçaient quelque chose d'heureux. J'ai attendu.

Et puis j'ai entendu cette voix qui chantait la même vieille chanson d'amour, (deux cœurs brisés, deux cœurs vaincus, oh, que direz-vous maintenant, vous qui habitez ce monde sans pitié), et la brise m'a apporté une odeur de sueur et de charbon. Et puis il est apparu, traversant les fourrés avec aisance, sa voix entonnant toujours cette chanson plaintive, mais avec une sorte de gaieté qui en changeait le sens, qui en faisait quelque chose d'ironique et de triomphal.

Il était déguisé en clochard, pour qu'on ne le reconnaisse pas. Incognito, mon Prince Bahadour. Mais il ne pouvait pas déguiser ses yeux. Ils contenaient le vent et la tempête, les délices et les naufrages. Le secret de toutes les vies qu'il avait vécues et domptées et écartées lorsqu'il en avait extrait le jus, il était celui qui partait et qui revenait parce que rien ne l'entravait. Le rire l'avait affranchi de tout.

Ses cheveux étaient longs. Il était vêtu de liberté. Elle flottait autour de lui, invisible aux gens ordinaires, mais moi, je l'ai perçue tout de suite. Rien ne pouvait enchaîner cet homme-là. Je l'ai bien vu, mais cela ne m'a pas mise en garde. Bien au contraire. Il comprenait l'attrait et le danger de l'absence, la langueur d'un ciel bleu et l'absolu d'un trait de lune fouillant la mare aux songes et y éclairant des millions de têtards éblouis par tant de lumière. Comme moi, il sentait l'herbe et la poisse. Et c'est ainsi que je l'ai reconnu, à la tendresse de sa bouche tout encore emplie de faims, à l'or qui habillait son regard lorsque le crépuscule venait s'y blottir, aux poussières de suie sous ses ongles comme s'il semait la nuit, au chant qui montait de sa peau lorsqu'au matin je suivais son éveil sur sa lèvre et ses cils et les boutons durs de sa poitrine. Il était soûl de sommeil, alors, mais il articulait, en cette première heure mouillée de mon orgueil et de mon devenir :

Tu es belle.

Shukar ho, shukar ho, shukar ho ! Grands mercis, Seigneur !

Non, vous ne comprendrez pas. C'est un miracle.

Non, vous ne comprendrez pas. C'est un mystère. Ce qu'il a réveillé en moi de splendeur et d'étonnement, et brodé sur la trame misérable et noircie de ma peau d'arabesques de lumière. Il a percé de trous mon âme blindée contre le mépris du monde afin d'y laisser entrer sa mâle chaleur et de toucher au plus mou, au plus doux au plus déchirable de ma personne, et je l'ai laissé faire.

Shukar ho, shukar ho, shukar ho !

Un jour, il m'a dit, tu connais la magie du rhum ? Le rhum est un ami qui ne te trahit pas. Il a apporté un petit baril de tilambic et nous avons bu jusqu'au matin. Sans nous arrêter. J'ai découvert l'amitié du rhum qui dévore vos entrailles, et son étreinte fraternelle. La magie a opéré et j'ai oublié. Le chien, rancunier, grondait.

L'alcool m'a habillée comme une princesse, d'une grande gaieté ! Sais-tu qu'il m'a fait danser ? Dans cette ombre au goût acide, dans ce four rongé par les effluves de l'abandon, sous le regard mourant du chien, il m'a fait tournoyer dans une nudité souple et dorée. Et je ne savais plus où j'étais ni qui j'étais. J'étais la vie, l'existence, l'éclatement d'un rire de connivence face à l'hostilité du monde, tout ce qui rêve d'impossible, tout ce qui en nous veut être. Me comprenez-vous enfin ?

Vos petites heures pénibles et quotidiennes ne m'étaient plus rien. Je n'avais plus soif d'ordinaire. Je comprenais que toute la torpeur de mes années de vie n'était qu'une attente de ce moment feutré, de cette aube qui n'avait de sens que parce qu'il était là, de ces gestes de faim et d'abandon où se cristallisait mon offrande. Les yeux ouverts sur sa bouche qui sentait la cigarette et l'alcool, je l'écoutais respirer comme un enfant éperdu. Ce souffle court, ce râle, cette sueur qui s'échappait de mes aisselles et de mon ventre, ma gorge tirée en arrière avec violence, tout cela, je le lui offrais comme un début de mort.

Un tressaillement qui émane de quelque part au fond de soi et que l'on ne ressent qu'un instant, une seconde, pas plus, et après il s'évanouit comme un souvenir des sens, un frisson plus étal que l'aube. Mais cela ne fait rien ; on sait qu'il était là.

(Parfois, pourtant, un doute me vient. A-t-il été ? Est-il vraiment venu ? A-t-il dansé avec moi en ce matin des tendresses ? Ma mémoire est si fausse. Cette incertitude est terrible. Je ne sais pas si je m'appelle Housna, née sur un tapis d'orient.)

Le temps s'est bloqué sur un gond et ne bouge plus. Nous avons vécu, vécu, vécu, sans plus nous arrêter pour reprendre notre souffle. Il m'a appris à reconnaître le parfum des plantes vulnéraires et celui des plantes vénéneuses et comment fabriquer le rhum avec la mélasse des cannes et comment attraper les petits animaux, les dépecer en un seul geste et les faire cuire sous un tas de cailloux ardents jusqu'à ce que la chair fonde dans notre bouche. Il connaissait tout. Il n'avait aucune peur. Il était parvenu à l'autre bout, là où les cyclones sont borgnes et les nuages sont une écriture de liberté. Pour lui, les hommes n'avaient aucune puissance. Ils n'étaient que des passagers sur un radeau qui n'était pas le leur, et il n'y avait aucune commune mesure entre eux et la nature des choses, les montagnes, les océans, les nuages et les typhons, tout cela était si grand, si grand, tout n'était qu'immensité autour de nous, et tout ce que nous avions, nous, c'était notre illusion de grandeur. Un jour, m'a-t-il dit, l'homme mourra de ses espoirs trahis. Le destin est un rire de moquerie.

Il était habitué à cette existence du dehors, en marge de tout, sans arrimage et sans bagages. Il ne comprenait pas pourquoi j'avais tant voulu appartenir. Préfères-tu que les murs t'enferment ? m'a-t-il demandé quelques jours après son arrivée. Être unie à quelqu'un qui ne voulait pas vraiment de toi et enchaînée à ses habitudes, à la routine d'une heure suivant l'autre, d'un jour suivant l'autre, et au bout de tout cela, tu ne reçois que tes cendres entre tes paumes ! Réveille-toi, il y a d'autres passages…

C'était vrai. Je compris avec lui le sens de ces bonheurs passagers. Les arbres ne cessaient pas de fleurir autour de nous et les oiseaux de chanter les quatre mêmes notes, même si le reste de l'île se désagrégeait. Les cyclones la frappaient à présent en toute saison, dévastaient les récoltes et déchaînaient les marées, mais nous étions intacts et protégés. Notre soleil intérieur continuait de briller et la lumière s'échappait de nos corps rongés de rouille, de nos regards hantés de nous-mêmes. Nous devenions transparents comme du verre, et la beauté des choses se déversait à l'intérieur de nous comme un liquide. Nous regardions les gens sombrer dans le désespoir et voir le renouveau des bêtes qui les prenaient d'assaut, et cependant, rien ne pouvait nous toucher. Il était mon vertige. Je comprenais que le conte de grand-mère grenier, avec moi, aurait une autre fin. Je lui avais donné mes couleurs et mon rythme, ma voix et mes élans. J'entendais sa voix à elle, qui me berçait d'amour et d'orage.

C'est alors que je lui ai parlé de grand-mère grenier. Il me semblait qu'ils se seraient compris, tous les deux, lui, prisonnier de sa liberté, et elle, prisonnière de ses songes. Je lui ai montré le sari de coton blanc usé, usé par nos tempêtes communes, à elle comme à moi, la petite bonne femme chauve et humiliée et moi l'idiote au bec-de-lièvre qui avait bu de son lait. Et, miracle, ce sari portait l'écriture de toute notre histoire en petites lettres très fines. Les mots se poursuivaient sur ces cinq mètres, se rattrapaient et s'entrelaçaient comme des motifs de

larmes, dessinaient la futilité et la folie de nos vies paral-
lèles, nos yeux bandés d'amour, nos cœurs bardés de ran-
cunes. Il racontait mes sœurs, et mon père aux sillons
incendiés, et mon frère à l'envol de béton armé, et ma
mère. Non, silence pour ma mère. Son sein s'est tari et
aucune rivière de bitume... Et puis le pleur de grand-mère
grenier qui se mourait de regret et du souffle de leur froi-
deur réunie, mon abandon dans le four à chaux, ma colo-
nie de parasites, mes orteils rongés, et enfin ma fuite avec
le chien, devenue comme lui une créature sauvage et hur-
lante à la lune de notre détresse commune. Tout était
écrit là, tout. Jusqu'à mon rire à moi, lorsque finalement
j'ai connu l'amour.

Pendant longtemps il est resté à lire le sari et à soupirer
comme si petit à petit ma vie entrait en lui. Les étincelles
ont commencé à s'éteindre. J'ai eu envie de l'arrêter, alors,
cela allait trop loin, il ne fallait pas qu'il s'approprie mon
âme, cela pouvait le tuer. Mais il a tout lu, jusqu'au dernier
mot. Et puis il a fait comme si rien ne s'était passé, il a cru
que je n'avais pas vu le plomb coulé en lui, goutte à goutte,
pour l'anéantir de honte.

Le temps ne passe plus. Nous avons fait semblant de vivre. Lui et moi, moi et lui. Le chien était toujours là, mais il a refusé d'aimer mon Prince. Et moi je suis restée au chaud dans mon rêve d'amour, sachant que c'était une fleur qui allait se mettre à pourrir et qui libérerait une eau croupie pour noyer mes larmes.

12

Et puis, Lisa, mon ventre s'est mis à grossir.

Et puis, Lisa, le Prince Bahadour s'est enfui.

Il est parti sans rien dire, un jour de pluie, un petit singe mort sur l'épaule, qui se balançait comme un bébé. Ses cheveux dégoulinaient d'une eau noire. Dans son dos, il y avait une page tournée.

Je n'ai pas vraiment été surprise. Sans doute, je l'ai su lorsqu'il a lu mon histoire dans le sari. Était-ce la peur ? Était-ce l'offense ? Était-ce un songe abîmé, la violence de mes serments ? Ou tout simplement le refus de croire à la beauté cachée dans un corps fait d'absence ?

Je ne pourrais te décrire ma fureur, c'est impossible. Ni l'eau noire qui a coulé de mes yeux. Ni mes accès de rage, ni les coups de poings que je me suis assénés au ventre.

C'est inutile.

Je ne vous raconterai pas ce surcroît de peine. Cela vous semblerait insupportable. Et pourtant, je l'ai bien supporté, moi, jusqu'à ce jour. Devrai-je toujours être la seule à recevoir l'élan des rages ?

C'est le noir qui m'assomme et me déchire. Si on me laissait voir un peu de la lumière tombée de l'aube, je redeviendrais comme avant, tranquille et amortie. Mais je suis enfermée, une contagion s'est installée à la place de ma conscience, tout au fond de mon ventre vide où un jour une petite vie a bourgeonné, et je l'ai tellement aimée que je l'ai détruite.

Sa naissance sera une mort.

Lisa me demande sans cesse pourquoi je l'ai tué. Je n'ai qu'une réponse : par amour. Car je ne peux pas lui dire, non, la vérité.

Lorsque le Prince est parti, le chien a voulu redevenir mon maître. Il m'a fait de terribles reproches. Il m'a dit, il t'a abandonnée comme tu m'as abandonné, ce n'est que justice. La vie n'a de sens que par ses fidélités. Et j'ai eu beau lui dire, j'ai été fidèle à moi-même, au bec-de-lièvre de ma naissance qui a fait de moi une interdite, à mes croyances et à celles de grand-mère grenier qui avait aimé en rêve un prince tel que lui et pour laquelle il me fallait vivre cet amour, il ne m'a pas crue. Il m'a dit sur un ton de mépris, tout son silence frémissant autour de sa gueule pour mieux me fustiger : ton prince n'a certainement pas existé.

Je n'ai pas voulu lui revenir. J'étais allée trop loin. J'étais redevenue humaine. Il m'était impossible d'être de nouveau semblable à lui. Le four à chaux s'est enlisé dans notre incompréhension. Il a attendu, quelque temps, souffrant et espérant. Les jours où j'étais trop prostrée par le chagrin pour bouger, il allait me chercher à boire et à manger. Il ne m'apportait plus que des fruits. Mais au bout d'un temps, il a cessé d'espérer. Il a bien vu que je ne lui reviendrais pas. Il m'a tourné le dos, comme le Prince, le jour de son départ. Sa défaite m'a un instant émue, mais ensuite je suis redescendue au fond de ma tristesse et je n'ai plus pensé à lui.

Ce n'était pas la tristesse d'avant, faite de rire et de révolte. À présent, c'était quelque chose de plus lent et de plus mystérieux, une tristesse adulte et sans issue, une ombre de la terre montée comme une suée pour m'envahir, une ombre définitive et abominable qui gagnait petit à petit les moindres recoins de mon être. Je perdais conscience de la vie diffuse autour de moi, sauf en ces occasions où j'avais la nausée, où la tête me tournait, où un mal imprécis s'éveillait dans mon corps. Le ciel dans ma tête avait couleur d'orage. Je pensais que je mourais lentement, que je n'avais plus qu'à me laisser faire. Je ne savais pas encore à quel point elle était tenace, la vie.

Tout était gris autour du four à chaux. L'hiver flagellait mes membres nus. Des martins noirs nous contemplaient du haut des arbres, et construisaient des nids fragiles qui ne tiendraient pas la nuit.

Un soir, il y a eu des cris du côté de la maison presque oubliée. Je me suis glissée vers elle pour revoir une dernière fois ces êtres qui habitaient mes cauchemars. Mes sœurs revenaient au bercail, en pleurs. Elles étaient battues ! Mon frère a vociféré qu'il ne pouvait nourrir toutes ces bouches inutiles. Elles suppliaient, faisaient acte d'adoration envers le seigneur homme. Ma mère, indifférente à tous ces bruits, triait les épices et les vannait au vent en libérant une petite brume sauvage et parfumée. Mon père grommelait à propos du déshonneur. Les filles, disait-il, c'est une malédiction.

J'ai été surprise d'être presque d'accord avec lui. Même si on ne naît pas avec une difformité physique, on finit toujours par être vue comme une chose atrophiée et voilée.

Ça a été un moment presque heureux. Je suis rentrée au four à chaux emplie de cette joie neuve de ne pas être seule dans le malheur. Mais très vite, elle s'est aigrie. Je n'éprouvais en réalité aucun plaisir. Ma solitude à moi était définitive. Et puis, ce soir-là, l'enfant a décidé de naître.

Le monstre a décidé de naître.

Un monstre, oui. Dans la forme et dans le fond, surgi de cet entre-monde où j'avais choisi de vivre. Car ce monde qui tournait avec régularité sur son orbite n'était pas le mien. Cela ne pouvait en être autrement. J'avais si furieusement vécu que quelque part, à travers une faille dans mon existence, j'ai mis le pied en enfer.

Oubliez vos idées préconçues, d'un autre paradis, d'un autre enfer. Tout est là, à côté de vous. Vous pourriez voir un ange passer sans le savoir. Vous le reconnaîtriez seulement à la poussière d'étoiles qu'il porte aux yeux. Et vous pourriez frôler un être de l'enfer, environné de cet air tumultueux et sans repos qu'il respire en permanence, et vous ne le sauriez même pas. À moins de percevoir en lui l'état de dégénérescence, le bout des doigts et des orteils pourri, la bouche en forme de bec, la peau velue. Vous verriez en lui les marques de la vie parasitaire qui l'a colonisé et les entailles des canines d'un chien qui essayait de lui montrer la voie. Et la caresse acide d'un Prince-clochard parti en fumée sitôt la semence donnée.

Le monstre faisait partie de tout cela. Une petite vie honnie qui se débattait pour chaque goulée d'air.

Oui, il est né. Oui, il vivait. Mais était-ce vivre ? Il irait par les chemins comme moi, mi-homme mi-bête, pour être repoussé et rejeté de tous, chassé comme un loup-garou auquel on prête tous les pouvoirs, et qui n'a que celui de sa peur. Quelqu'un qui espère l'amour jusqu'à ce que cette espérance lui tienne lieu de nourriture et engraisse ses rêves, alors même que son corps dépérit. Quelqu'un qui cherchera dans tous les regards, jusqu'à s'en user l'âme, le don de l'impossible compassion.

Que pouvais-je faire, selon vous ? Lui donner de mon lait frelaté qui fuyait par gouttes jaunâtres de mes seins amaigris ? L'envelopper dans un sari blanc qui raconterait à tous ceux qui oseraient l'aimer, l'histoire de sa peine et de sa déchéance et les ferait fuir pour de bon, pétris de culpabilité ? Non. Il n'y avait qu'un seul don que je pouvais lui faire. La mare était tout près. J'avais encore la force de cet acte.

À ce moment précis, des dizaines d'oiseaux épuisés sont tombés raides morts dans la mare, comme pour accompagner le petit corps et lui prêter leurs ailes brisées.

Une pluie de condés pour accompagner sa mort et sa naissance.

Et leur pépiement, toujours, me ramènera ta voix, me rappellera que tu as été, que tu as ouvert les yeux, que tu m'as vue, que tu as reconnu, en ce moment ultime, une mère aimante et déchirée, une rivière, une source. Amour.

Lorsque cela a été fait, je me suis mise à hurler de soulagement, pendant des heures et des heures et des heures, jusqu'à ce que les gens des environs m'entendent, jusqu'à ce qu'on me découvre et qu'on m'enchaîne et qu'on m'emmène ici, parmi les vivants, dans ce lieu d'aliénés où j'achève de mourir. En ce lieu, Lisa, où tu me rejoins et m'écoutes.

13

Elle me regarde, la douce petite femme que je sens si proche, débordante de compréhension malgré l'horreur que je lui inspire. Elle ne croit peut-être qu'à moitié ce que je lui dis. Elle corrige, avec sa raison, les choses que je lui révèle. Mais une chose au moins est vraie, et elle le sait : les mains vivantes de mes minuits.

Écoute, je vais te laisser partir, dit-elle. Ta vie a été terrible, mais ici, c'est encore pire. C'est le mensonge le plus grossier d'un monde qui croit aimer. Pars, et efface-toi du monde, si tu le peux.

Elle est si bonne, Lisa, et je l'aime si fort. Voilà qu'elle m'ouvre la porte. Que j'entrevois, au-delà, une lumière salvatrice.

Oui, je partirai, oui, je m'effacerai, incinérerai avec moi

cet enfer qui m'entoure et qui menace le monde. Mais une pensée me retient : elle aussi est menacée, elle, ma douce, ma friable amie. Je ne peux pas la laisser ainsi, à la merci des mains et de la gueule des hommes carnassiers. Je dois l'aider.

Je dois aider Lisa à s'effacer aussi. Je suis si forte, quand je le veux.

L'aube me ténèbre de part en part. Fait souffler en moi un grand vent vert qui sent la menthe, le thym, la citronnelle. Un grand parfum vert qui m'allège et me soulève et me donne des ailes.

Des ailes !

Me serais-je trompée, tout ce temps ?

15

Serais-je un ange?

DANS LA MÊME COLLECTION

Octavia E. Butler, *Liens de sang*

David Dabydeen, *Terres maudites*

Dambudzo Marechera, *La Maison de la faim*

Zakes Mda, *Le Pleureur*

Manuel Rui, *Le Porc épique*

Amos Tutuola, *La Femme Plume*

Charlotte Watson Sherman, *La Couleur des esprits*

Cet ouvrage a été achevé d'imprimer sur Roto-Page
par l'Imprimerie Floch à Mayenne en juin 2000.
D. L. : septembre 2000. N° d'imprimeur : 49090.
Imprimé en France